Lübeck, 2012
Titelfoto: © sashpictures - Fotolia.com
Abbildung: © sashpictures - Fotolia.com
Printed in Germany
ISBN 978-3-933036-70-4

Leon Pernak

the brain

Du kannst fliehen, aber du kannst
dich nicht verstecken.

www.buecher-traum.de by ctv – carsten tomkewicz verlag

Vorwort

„Warum setzt sich ein dreizehnjähriger Junge nachmittags an seinen Schreibtisch und schreibt freiwillig an einem Buch?“

Diese und ähnliche Fragen habe ich in den vergangenen zwei Jahren etliche Male gehört. Aber diejenigen, die jetzt und hier von mir eine Antwort erwarten, muss ich leider enttäuschen. Ich weiß es auch nicht. Es macht mir Spaß, meine Fantasie auf Papier zu bannen, Welten, die in meinem Kopf entstehen, in Buchstaben zu fassen, Geschichten zu erzählen, mit Worten Bilder zu malen. Warum das so ist, kann ich nicht sagen.

Ich wünsche mir einfach, dass dieses Buch vielen (jungen) Menschen beim Lesen genauso viel Freude bereitet, wie mir beim Schreiben.

Leon Pernak

DANKE

Danken möchte ich allen, die irgendwie an diesem Buch beteiligt waren, ob bewusst oder unbewusst. (Vor allem möchte ich all denen danken, die mich immer wieder unbewusst auf Ideen gebracht haben, denn ihr werdet es niemals erfahren, weil ich mich leider nicht an euch alle erinnere).
Immer wieder zum Schreiben ermutigt hat mich Anne Mainz, ihr Interesse hat mich stets aufs Neue motiviert. Silvia Diekel hat mich bereits im zarten Grundschulalter beim Schreiben mit angemessenem Feedback unterstützt. Sie ist auch die erste, der ich noch ein Exemplar schuldig bin.
Besonderer Dank gilt Stephan Hansmann, meinem ehemaligen Mathematiklehrer (der, ja, zugegeben, auch Deutsch unterrichtet), dem ich die Erstkorrekturlesung verdanke, ohne die diese Geschichte nie im Leben druck- und lesbar geworden wäre.
Außerdem möchte ich meinen Dank noch meiner Schule, dem Gymnasium Mariengarden, aussprechen, für eine immer offene und freundliche Atmosphäre, Toleranz und Unterstützung bei meinen zahlreichen „literarischen Auswüchsen". Ich werde die mir verbleibenden zweieinhalb Jahre in vollen Zügen genießen.
Zuletzt muss ich natürlich noch meine Familie hier erwähnen, ohne deren harte Mitarbeit und Engelsgeduld ich weder über die ersten paar Kapitel mit dem Schreiben, noch über eine halbherzige Internetrecherche zum Thema „Wie finde ich einen Verleger?" hinweggekommen wäre.
Möge sich keiner von denen, die ich hier nicht erwähnt habe, übergangen fühlen, ich bin ihnen allen etwas schuldig, und ich hoffe, sie werden ihre Freude an diesem Buch haben.

Borken-Weseke, den 10.02.2012

Prolog

23.10.2008 16:30 Uhr

Der Pausenhof ist leergefegt, bis auf vier Gestalten. Drei bedrohlich wirkende, grobschlächtige Achter und ein kleiner, verängstigter Fünfer. „Jetzt rück die Kohle rüber!" raunzt der größte Achter den Fünfer an, der ängstlich zurückweicht. „I-I-Ich habe kein Geld" stottert der Junge. „Hey, Kleiner, die Skulls verarscht man nicht! Jetzt hau rein, sonst polier ich dir die Fresse!" Jetzt nähert sich auch der zweite Achter. Seine feuerroten, schulterlangen Haare passen so gar nicht zu seinem von Pickeln übersäten Gesicht. Der Dritte hebt einen etwa faustgroßen Stein vom Boden auf. „Zum letzten Mal!" Der Rothaarige, unbestreitbar der Anführer der drei „Totenschädel" steht jetzt genau vor dem Jungen. „Rück endlich den Zaster raus, sonst werde ich ernsthaft wütend." Plötzlich saust der Stein um Haaresbreite über den Kopf des Jungen hinweg. „Der nächste trifft." grinst der Werfer und bückt sich erneut. Verzweifelt versucht es der Junge noch einmal: „Ich habe kein Geld" wiederholt er so bestimmt wie möglich, was nicht sehr bestimmt ist. Plötzlich und ohne Vorwarnung wird der zweite Stein geworfen. Wie an einer Schnur befestigt rast er auf das Gesicht des Jungen zu. Für einen Moment gefriert die Zeit, dann explodiert das Bild seines rechten Auges in grellbunten Farbfetzen und ein stechender Schmerz lähmt seine rechte Gesichtshälfte. Nach einem qualvollen, scheinbar endlos langen Augenblick des Schmerzes sinkt das Bewusstsein des Jungen hinab in den erlösenden Abgrund einer Ohnmacht.

23.10.2009

Stefan ärgerte sich. Da hatte dieser Trottel sich erwischen lassen. Wütend trat er gegen einen Karton, auf dem „Theater-AG" stand. Der fiel um und Kleidungsstücke aller Art fielen auf den

Boden. „Ist dir etwas passiert?" klang es ängstlich von unten herauf. „Ja." antwortete Stefan genervt. „Ein durchgeknallter Lehrer hat mich dazu verdonnert, den Schuldachboden zu entrümpeln, weil mein bester Freund sich beim Abschreiben aus meinem Heft hat erwischen lassen. Und eben dieser fragte mich gerade, ob mir was passiert sei!"-„tschuldigung."
„Schon vergessen. Aber jetzt komm rauf und hilf mir!" Stefan machte sich daran, die Kleidungsstücke zurück in den Karton zu stopfen. Da erschien ein schwarzer Lockenkopf mit Brille in der Türöffnung am anderen Ende des Raumes. Das schuldbewusste Gesicht saß auf einem viel zu kleinen Oberkörper mit viel zu kurzen Armen und Beinen. Der Bauch der Person hingegen hatte einen voluminösen Umfang, auf den jeder Sumo-Ringer stolz gewesen wäre. „Hier!" fuhr Stefan ihn an „der muss auch noch runter." Er schob den Karton mit Kleidung in die Richtung seines Freundes, der übrigens Karl hieß. Karl. Der Name traf es perfekt. Er war so hässlich wie sein Besitzer. Die hohe, piepsige Stimme passte nicht im Geringsten zu dem pikelübersäten Gesicht des Sprechers und die Proportionen seines Körpers wären ideal für ein Nilpferd gewesen: Dicker Rumpf, kurze Gliedmaßen. Auch der Charakter entsprach in etwa dem eines Nilpferdes: Ein Trampel, wie er im Buche stand, aber eigentlich herzensgut und naiv. Kurz: Ein totaler Idiot. Und dieser Stefans Freund. Der Grund war, dass Karl, ein von allen Gehänselter, der Einzige war, der sich mit einem notorischen Lügner anfreundete. Plötzlich fühlte sich Stefan unglaublich ausgelaugt. Mit schweren Schritten schlurfte er zum nächsten Karton. Er war nicht beschriftet. Komisch. Neugierig geworden, versuchte Stefan den Karton zu öffnen, doch er war mit Klebeband verschlossen worden. Entschlossen zog Stefan sein Taschenmesser aus der Hosentasche und durchtrennte das Klebeband. Er musste sowieso alle Kartons ordnen, dann konnte er auch ihren Inhalt überprüfen. Vorsichtig klappte er den Deckel des Kartons auf. Auf dem Boden des Pappbehälters lag ein einzelner, verstaubter Schuhkarton, ansonsten war der Karton völlig leer. Stefan griff danach und nahm den Deckel ab. In

einen Gefrierbeutel eingeschlagen, lag darin ein einzelner, silbern glänzender Gegenstand: eine Festplatte.

X

Stefan kramte das USB-Kabel aus dem Schrank neben dem Computer, stöpselte es ein und verband es mit der Festplatte. Auf dem Bildschirm erschien ein weiteres Icon: extern. Wechseldatenträger. Der Mauszeiger näherte sich dem Icon. Als Stefan die Datei öffnete, bekam er drei weitere Dateien zu sehen. Eine Tondatei mit dem Titel „The Brain“ und zwei Schriftdokumente, die die Namen „White Money“ und „Einzelheiten“ trugen. Er öffnete die Datei mit dem Namen „White Money“, doch alles, was er zu sehen bekam, waren unverständliche Zahlenketten. Ein paar Minuten lang versucht Stefan den verwirrenden Zahlen irgendeinen Sinn abzuringen, gab es aber schnell wieder auf, da es sich als so gut wie unmöglich herausstellte. Dann nahm er sich die Tonaufnahmen vor. Er öffnete sie und begann, sie abzuspielen. Eine Stimme, die einem Jungen zu gehören schien begann in einem Flüsterton zu sprechen.

The Brain

„Ich heiße Benjamin Darter. Der heutige Tag ist der 05.07.2009. Ich habe diese Aufzeichnungen gemacht, um die Schüler und Lehrer an unserer Schule und im ganzen Land zu warnen. Ich werde nun erzählen, was geschehen ist. Dies ist meine Geschichte. Sie entspricht der Wahrheit. Nichts wurde dazu erfunden oder weggelassen. Zuerst will ich die Lage an unserer Schule vor einem Jahr erläutern. Damals wurde die Schule von

einzelnen „Gangs“ beherrscht. Es gab einige hundert davon an unserer Schule. Meist waren es drei oder vier Schüler, in Ausnahmefällen bis zu zehn. Die meisten dieser „Gangs“ versuchten, sich gegenseitig auszuschalten und Jüngeren Schutzgeld abzupressen. Es gab in diesem Wirrwarr mehr Fehden als zwischen den Clans der Mafia. Zu dieser Zeit herrschten zwei verschiedene „Gangs“, die brutal jeden Widersacher grün und blau schlugen: Die „Skulls“ und die „Rocks“. Damals gehörte ich einer eher friedlichen Gruppierung an, den „Reds“. Mit in der Gang war mein bester Freund: André Müller. André und ich gingen in dieselbe Klasse. Wir galten als die „unzertrennlichen Zwillinge“. Wir mochten dieselbe Musik, trugen dieselben Klamotten und auch unser Aussehen war relativ gleich: Normalgröße für einen fünfzehnjährigen, braune Augen und schwarze Haare. Nur war er etwas muskulöser als ich gebaut, was nicht unbedingt auffiel, wenn wir nicht gerade im Schwimmbad nebeneinanderstanden. Jeden Nachmittag trafen wir uns, um Fußball zu spielen, Skaten zu gehen, oder einfach nur, um abzuhängen.
Dann, eines Tages geschah es. Unsere Vereinigung war durch diverse Austritte in der letzten Zeit geschwächt worden, was das Risiko erhöhte, erpresst zu werden. An eben diesem Tag traf ich André in der Pause. Er sprach mit dem Anführer unserer Gang, Julius Meinert. Dieser sah nicht gerade froh aus, als ich die beiden auf dem Schulhof entdeckte. Als ich näher kam, begrüßten mich die Beiden. Auf meine Frage, worüber sie sich denn unterhielten entstand eine peinliche Stille. „Ich will austreten.“ sagte André schließlich. Der Satz traf mich wie ein Donnerschlag. „Aber warum?“ fragte ich entgeistert, nachdem sich das erste Unverständnis gelegt hatte. Ich hatte die Tatsache, dass André jemals etwas anders machen könnte als ich, so naiv das klang, nie in Erwägung gezogen. Wir hatten uns immer automatisch für dieselben Dinge entschieden, ob es nun um das morgige Mittagessen, um andere Freunde oder um die Wahl eines neuen Schulfaches ging. Daraufhin hielt er mir eine Karte unter die Nase.

Die Organisation

Entsetzt blickte ich André an. „Und ich?“ „Hey!“ beruhigte er mich. „Das heißt nicht, dass wir keine Freunde mehr sind.“ Plötzlich standen zwei Jungen, fast doppelt so groß wie ich, hinter André. Sie trugen schwarze Kleidung und dunkle Sonnenbrillen. Ihr Kopf wurde von einem schwarzen Kapuzensweatshirt verdeckt. „Rekrut Skyfly, sie sollen sich bei Commander Scope melden.“ schnarrte der eine von beiden. „Skyfly“ verabschiedete sich und folgte den beiden.

X

Am folgenden Tag sah ich André fast gar nicht. Er war natürlich in der Schule anwesend, saß sogar neben mir, doch ich konnte spüren, dass er geistig ganz woanders war. Während der gesamten Schulzeit sprach er nicht ein Wort mit mir. Sonst kam das nie vor. In der fünften Unterrichtsstunde nahm ich mir schließlich vor ihn nach Schulschluss anzusprechen. Als der erlösende Gongschlag ertönte, sprangen alle Schüler von ihren Stühlen und verließen fluchtartig den Klassenraum. Nur André, ich und unsere Englischlehrerin nicht, die noch damit beschäftigt war, ihre Sachen einzupacken. Wortlos nahm André seine Schultasche, einen alten, abgewetzten Stoffbeutel, warf ihn sich auf den Rücken und trottete abwesend auf die Tür des Klassenraumes zu. Verärgert über sein offensichtliches Desinteresse an mir folgte ich ihm, allerdings in einigem Abstand. Ich wartete darauf, dass er sich umdrehte, oder stehen blieb, aber nichts dergleichen geschah. Er lief stumpf geradeaus, verließ schließlich das Schulgebäude, ohne sich einmal umgesehen zu haben. Ratlos schloss ich nun doch zu ihm auf. Auch als ich jetzt neben ihm lief, zeigte er keine Reaktion. Da hielt ich es nicht mehr aus und stieß ihm mit dem Ellenbogen in die Seite: „Was ist denn heute los mit dir? Du hast den ganzen Tag noch nicht ein Wort mit mir gesprochen. Bist du krank oder so?!" Irritiert sah er auf. Er schien nur mit Mühe in die Realität zurückzufinden. Schließlich brachte er ein gemurmeltes „Alles in Ordnung" hervor. Ich konnte beim besten Willen nicht erkennen, worin sein Problem bestand (er hatte eins, da war ich mir absolut sicher). Allerdings sah es nicht so aus, als wollte er mir etwas erzählen, deshalb fragte ich ihn nur, ob wir heute zusammen Fußball spielen würden. Sofort, nachdem ich meine Frage gestellt hatte, bereute ich es schon wieder. Selbstverständlich würden wir uns heute Nachmittag treffen. Fast jeden Tag trafen wir uns und unternahmen irgendetwas. Ich kam mir idiotisch vor, weil ich nicht wusste, was ich sagen sollte. Doch André schien das alles überhaupt nicht zur Kenntnis zu nehmen. Er grummelte nur ein „Natürlich..." und damit war die Sache erledigt. Die restlichen 15 Minuten des Schulweges liefen wir schweigend nebeneinander her. André wollte nicht mit mir sprechen, also ließ ich ihn in Ruhe. Insgeheim aber hoffte ich, dass er sich heute Nachmittag doch noch erklären würde.

X

Als ich nach Hause kam, stand das Mittagessen bereits auf dem Tisch: Es gab Nudeln mit Tomatensoße. Hastig schlang ich sie hinunter, verließ, ohne mich weiter um meine Eltern zu kümmern, den Esstisch und verzog mich in mein Zimmer. Dort schmierte ich hastig einige Gleichungen in mein Matheheft, improvisierte einen kurzen Englischaufsatz, beides, um meine Eltern gnädig zu stimmen, sodass sie nicht wieder in helle Aufregung ausbrachen, darüber, dass ich meine Hausaufgaben nicht erledigte. Nachdem ich dies erledigte hatte, griff ich mir den Lederball, der direkt neben meinem Schreibtisch lag, lief die Treppe hinunter, schlüpfte, so schnell es ging, in meine Schuhe und trat hinaus auf die Straße. Den Ball mit dem Fuß vor mir her rollend, lief ich im Joggingtempo die Strecke zu Andrés Haus, das zwei Straßen weiter lag. Das Wetter war gut, die Sonne schien unangemessen warm für diese Jahreszeit, aber die ersten Blätter färbten sich schon rot und golden. Als ich endlich Andrés Haus erreichte, hieb ich erbarmungslos auf die Türklingel ein. Zuerst öffnete niemand, doch dann sah ich durch das milchige Türglas einen Schatten auf mich zu schlurfen. Der Schatten öffnete, es war allerdings nicht André, sondern seine Mutter. Schläfrig sah sie mich an. „Was machst 'n für 'n Radau hier?!" Ungeduldig versuchte ich an ihr vorbei in die Wohnung zu schauen. „Ist André nicht da?" „Der ist schon vor einer halben Stunde hier abgehauen. Ich weiß nicht, wo er geblieben ist." Wahrscheinlich war er bereits zum Fußballplatz gelaufen, um dort auf mich zu warten. Das wunderte mich zwar, da ich ihn für gewöhnlich immer zuhause abholte, doch ich machte mir weiter keine Gedanken. Ich rief Frau Müller ein hastiges „Wiedersehn" zu, dann lief ich weiter in Richtung Fußballplatz. Andrés Mutter schüttelte nur verwirrt den Kopf, gähnte einmal herzhaft und ging wieder zurück ins Haus.

X

Als ich den Fußballplatz erreichte, war André nirgends zu sehen. Auch sonst war niemand dort, nur zwei Tauben, die sich um ein paar Brotkrumen zankten. Das irritierte mich, war doch an diesem Tag so schönes Wetter. Ratlos setzte ich mich auf eine Bank und betrachtete die umliegenden Häuser. Nach etwa fünf Minuten wurde mir das zu langweilig und ich begann, mit dem Fußball gegen das Gitter zu schießen, das dafür sorgte, dass der Ball nicht gleich nach sonstwohin flog, wenn man ihn durch die metallenen Torpfosten beförderte. Wieder zehn Minuten später wurde mir auch das zu dumm. Wieso kam André nicht? Wieso war er überhaupt nicht hier gewesen?! Und dann sein seltsames Benehmen. Hatte er doch ein ernsteres Problem, als ich annahm? Was könnte ihn dazu veranlassen, mich einen halben Tag lang zu ignorieren und mich zu allem Überfluss dann hier warten zu lassen? Ratlos ließ ich mich ins Gras fallen. Am Himmel über mir schwebten nach wie vor nur einige gutmütige Schäfchenwolken, die Sonne wärmte unverändert meinen Körper. Doch trotzdem verspürte ich eine unbestimmte Kälte. Schließlich gab ich es auf und machte mich auf den Weg nach Hause. André wusste, wo ich wohnte und konnte mich auch sonst schnell erreichen, wenn er mir noch irgendetwas zu erzählen hatte, konnte er das jederzeit tun.

X

Auch den Rest des Tages ließ sich André nicht blicken. Ich hockte gelangweilt in meinem Zimmer, surfte quer durchs Internet und chattete mit einigen Klassenkameraden, die André eventuell gesehen haben könnten. Fehlanzeige. Es schien, als wäre er für eine gewisse Zeit nicht in meiner Welt anwesend. Beinahe verzweifelte ich daran. Gereizt fuhr ich den Computer herunter und versuchte mich abzulenken, indem ich Englischvokabeln lernte, was bei mir nicht allzu häufig freiwillig vorkam.

X

Als ich am nächsten Morgen zu André kam, um ihn abzuholen, war er wieder nicht da. Normalerweise holte ich ihn jeden Morgen vor seiner Haustür ab und wir gingen gemeinsam zur Schule, doch heute öffnete niemand, als ich mir an der Türklingel fast den Finger brach. Der Tag fing gut an. So machte ich mich allein auf den Weg zur Schule. Dort angekommen, betrat ich unseren Klassenraum, in Erwartung, André wenigstens dort vorzufinden. Fehlanzeige. Nur einige andere Schülerinnen und Schüler waren da, von André fehlte jede Spur. Auch hatte ihn niemand gesehen. Auch Ben nicht, der jeden Morgen bereits eine Dreiviertelstunde vor Unterrichtsbeginn mit dem Bus ankam. Ratlos setzte ich mich zu den anderen, die gerade dabei waren, Karten zu spielen. Schließlich klingelte es zum Unterrichtsbeginn und keine halbe Minute später betrat auch der Lehrer, Herr Toppek, den Klassenraum. Wo war André? Diese Frage quälte mich grauenvolle 45 Minuten Deutschunterricht ununterbrochen. Allerdings schien sie Herrn Toppek seltsamerweise überhaupt nicht zu interessieren. Bei der Anwesenheitskontrolle zu Beginn der Stunde überlas er Andrés Namen einfach, auch später fragte er nicht noch einmal nach. Wusste er etwa, was mit ihm war? Ich konnte mir das alles nicht erklären, ich wusste überhaupt nicht mehr, was ablief. André sprach nicht mit mir, er ließ mich sitzen, die Lehrer übersahen einfach seine Abwesenheit. Es war alles so verwirrend. Also quälte ich mich mehr schlecht als recht durch eine sterbenslangweilige Deutschstunde.

X

Auf diese erste Unterrichtsstunde folgte eine fünfminütige Pause. Normalerweise hätte ich mir in dieser Zeit schnell einigermaßen das Englischvokabular beigebogen, da die nächste Unterrichtsstunde eben Englisch war. Heute allerdings hatte ich das nicht nötig, hatte ich doch gestern Langeweile gehabt. Deshalb verließ ich den Klassenraum und trat hinaus auf den Schulhof. Dort saßen oder standen mehrere Grüppchen von Schülern, einige Fünftklässler spielten Fußball, was ich angesichts der exakt fünf Minuten dauernden Pause lächerlich fand. Sonst war nichts Interessantes zu entdecken. Wenn ich gehofft hatte, André doch noch zu treffen, wurde ich enttäuscht. Ich wollte mich gerade wieder auf den Weg in die Klasse machen, als mir plötzlich jemand auf die Schulter tippte. Erwartungsvoll drehte ich mich um… und blickte in das Gesicht von Sophie, einem Mädchen aus meiner Parallelklasse. Sie setzte an, etwas zu sagen, doch ich ging zügig davon, ließ sie wütend stehen. Eigentlich mochte ich Sophie, sie sah auch gar nicht so schlecht aus, doch momentan war sie mir völlig egal. Ich suchte André, es kam mir vor als fehlte mir ein Arm oder ein Bein. Aufgewühlt lief ich zurück in die Klasse. Dort angekommen, zog ich mein Englischbuch aus meiner Schultasche, schlug es an einer zufälligen Seite auf und starrte zornig auf die scheinbar willkürlich zusammengewürfelten Wörter und Sätze. Sie wollten einfach keinen Sinn ergeben, wie sehr ich mich auch bemühte. Schließlich war meine Wut soweit gewachsen, dass ich das Englischbuch genervt auf den Tisch knallte. Da sah ich ihn. André stand an einem der Fenster und unterhielt sich mit Marvin. Beide schienen recht ernst, aber keineswegs besorgt. Zuerst wollte ich es nicht glauben, dann sprang ich auf und lief zu den beiden. Doch in diesem Moment erschien der längst fällige Lehrkörper in Gestalt von Frau Gäpers, sodass ich André zwar meine Fragen an den Kopf werfen konnte, Frau Gäpers mir aber sofort über den Mund fuhr, keinen Widerspruch oder Zuwiderhandlung duldend.

X

Sofort nachdem die Stunde vorbei und Frau Gäpers gegangen war, wandte ich mich an André. „Wo warst du gestern?" fragte ich ihn anklagend. Ein seltsamer Ausdruck erschien auf seinem Gesicht, anscheinend wusste er nicht so genau, was er sagen sollte. „Sorry, hatte noch etwas zu erledigen." entschuldigte er sich schließlich. „Und was?!" Ich ließ nicht locker. Warum konnte er mir nicht einfach erzählen, was Sache war? „Benjamin, komm mit!" André schien zu resignieren. Er stand auf und verließ den Klassenraum, ich folgte ihm, die Lateinhausaufgaben konnten warten. Als wir den Klassenraum verließen, kamen uns drei Mädchen aus der Parallelklasse entgegen. Sie winkten freundlich, ich grüßte zurück, doch André reagierte nicht im Geringsten. Den Blick zu Boden gerichtet schritt er gleichgültig die Treppe hinab, die ins Erdgeschoss führte. Keiner von uns beiden sagte ein Wort, bis wir auf den Schulhof traten und André sich auf eine Bank setzte. Auffordernd deutete er auf den Platz neben sich und ich setzte mich ebenfalls. Es war kühl, die Luft war klar und die Sonne schien. Wir saßen unter der großen Eiche in der Mitte des Schulhofs und betrachteten einen Moment stillschweigend die wenigen Schüler und Schülerinnen, die über den Platz marschierten, meistens zielstrebig und zügig, in Gedanken längst woanders. Schließlich konnte ich es nicht mehr aushalten. „Bekomme ich jetzt eine Antwort auf meine Frage?" André schwieg und starrte selbstvergessen gen Himmel. Ich betrachtete ihn genauer, zum ersten mal, nachdem er heute morgen wieder in der Schule gewesen war. Er schien gealtert zu sein in den letzten Tagen, doch konnte ich nicht einschätzen, ob dies eine positive oder negative Veränderung war. Er wirkte erwachsener als sonst, nachdenklicher, alles an ihm schien in einer immerwährenden Melancholie verloren. Konnte ein Mensch sich in zwei Tagen dermaßen verändern? Nein, das war unmöglich. Und wenn doch? Ich wusste immer noch nicht, was geschehen war, warum er sich plötzlich so seltsam benahm und benommen hatte. Ich wiederholte meine Frage: „Bekomme ich jetzt eine Antwort auf meine Frage?" Er sah mich an, auch in seinen Augen lag ein Glanz, den ich nicht zu deuten vermochte. Dann sprach er langsam und deutlich ein Wort: „Nein."

„Wie, was soll das heißen?"

„Dass ich dir nicht erzählen werde, was ich in den letzten Tagen erlebt und getan habe. Tut mir Leid."

„Aber warum nicht?! Ich verstehe das alles nicht. Ich denke wir sind Freunde?!"

„Natürlich sind wir Freunde, und ich möchte, dass das auch weiter so bleibt, aber..."

„Ich nenne das keine Freundschaft mehr, wenn du mich einfach im Stich lässt und dich hinterher weigerst, dich zu erklären!"

„Ben, bitte..."

„Nein, ich verstehe das einfach nicht! Ich will das nicht verstehen! Wo liegt das Problem? Du hast doch nicht etwa Angst, ich könnte mich beleidigt oder gekränkt fühlen?!"

„Nein, natürlich nicht..."

„Also!"

„Hey, ganz einfach. Du weißt, dass ich nicht dumm bin. Ich habe meine Gründe, dass ist alles. Du wirst es wahrscheinlich

noch früh genug erfahren oder erraten können."
„Und warum verrätst du es mir dann nicht?!"
„Ich kann es nicht, es wäre…"
„Was?"
„Es würde uns beiden nur Schaden zufügen, glaub mir. Hab einfach ein wenig Geduld. Ich will nicht, dass du mir deswegen jetzt böse bist, aber vertrau mir einfach, es ist das Beste für alle."
„Scheiße, es kann doch nicht gut sein, wenn du mir dafür etwas verschweigen musst!"
„Doch, es ist gut. Es ist wirklich und wahrhaftig das Beste, was wir tun können."
„Und jetzt lass' uns aufhören damit. Lass uns einfach so tun, als wäre nichts gewesen, ja? Bitte, tu mir den Gefallen!"
„Aber…"
„Bitte, Benjamin."
„Na gut. Aber versprich mir, dass ich es irgendwann erfahren werde!"
„Benjamin…"
„Versprich es! Bitte!"
„Gut. Ich verspreche es."

X

Es schien als wäre alles wieder in Ordnung. Ich versuchte, einfach alles zu vergessen, was mit diesem Vorfall zu tun hatte, und es gelang mir zumindest größtenteils. Nach unserem Gespräch war André wie ausgewechselt, er benahm sich wie immer, war übermütig, fröhlich, und hatte sogar einen Kommentar für den furchtbar aufgebrachten Herrn Toppek, zu dessen Unterricht wir nun zu spät kamen.

X

Immer öfter vergingen Tage, in denen wir nicht ein Wort miteinander wechselten. Drei Wochen nach Andrés Austritt kam Julius in der Pause zu mir. Er sah besorgt aus. Den Grund dafür sollte ich gleich erfahren. Nach einer kurzen Begrüßung kam er gleich zur Sache. „Benjamin, wir haben ein Problem." begann er. „Die Organisation hat gefordert, dass wir uns ihnen anschließen."-„Ja und?" fiel ich ein. „Ist doch egal. Die soll'n sich zum Teufel scheren!"-„Die haben gedroht, uns alle zu eliminieren! Den „Ricks" haben sie letzte Woche eine Abreibung verpasst. Zwei liegen, natürlich aufgrund eines „Unfalls", im Krankenhaus, die Anderen sind grün und blau geschlagen worden. Soweit ich weiß, lösen sich die „Ricks" demnächst auf. Ich bin doch nicht bescheuert. Uns wird gar nichts anderes übrig bleiben, als sich ihnen anzuschließen!" Ich zögerte. „Gibt es wirklich keine andere Möglichkeit?" fragte ich hoffnungslos. „Leider nein. Glaub mir, ich wäre der Letzte, der diese Möglichkeit nicht ausgenutzt hätte." Der Satz hing in der Luft, wie unser Todesurteil. Wir schwiegen uns an. „Was ich noch sagen wollte..." fing Julius, schon halb im Gehen wieder an. „Morgen treffen wir uns in der Pause am Fußballplatz. Dort erwartet uns dann einer von den Organisations-Typen." Dann drehte er sich um und schritt davon.

X

Mit dieser Schreckensmeldung war der Unterricht des Tages für mich vorbei. Die weiteren Schulstunden verbrachte ich damit, nachzudenken. Ich dachte über André nach, über Julius und die Organisation. Sie lauerte immer im Hintergrund meiner Gedanken. Nun, einerseits freute ich mich darüber, dass ich nun André wieder treffen würde, andererseits hatte ich ein total schlechtes Gefühl. Die radikale Vorgehensweise der Organisation beeindruckte mich weniger. Schon oft waren Gangs dazu gezwungen worden, sich mit anderen zusammenzuschließen. So in Gedanken verbrachte ich den ganzen weiteren Tag.

X

Am nächsten Morgen war ich bereits fünf Minuten vor der großen Pause am Fußballplatz. Es war ungewöhnlich kühl an diesem Morgen, in der Nacht hatte es bereits den ersten Frost gegeben und die Sonne versteckte sich hinter dichten Nebelschwaden. Ungeduldig hatte ich mich unter dem Vorwand, ich müsse zur Toilette, frühzeitig aus dem Unterricht gestohlen. Ich explodierte fast vor Neugierde. Nach zwei Minuten erschienen weitere Mitglieder unserer Gang, außerdem einige andere Jungen und Mädchen, die allerdings alle nicht so aussahen, als ob sie zur Organisation gehörten. Pünktlich zum Klingelton erschien auch Julius. Mit ihm kamen zwei Jungen. Beide trugen schwarze Kapuzensweatshirts, was bei den momentanen Temperaturen nicht weiter verwunderlich war, doch ihre Augen wurden von verspiegelten Sonnenbrillen verdeckt. Um ihre Hälse hing eine einheitliche Kette mit einem silbernen Drachen. Er hatte die Flügel gespreizt, als wolle er sich gleich in die Lüfte emporschwingen, verharrte jedoch, als könne er sich nicht entscheiden. Beide Jungen trugen ein Stirnband auf dem jeweils ein griechischer Buchstabe prangte, mit einem geschwungenen X dahinter. Moment! Der eine Junge war gar keiner! In Wirklichkeit war die Person, auf deren Stirn der Buchstabe Beta und ein weißes X zu sehn war, ein Mädchen. Ihre helle Haut und ihre schwarzen Haare ließen sie trotz des Sonnenlichts kühl und distanziert wirken. Der Junge, ich schätzte ihn etwa fünfzehn oder sechzehn, begann zu sprechen: „Guten Tag. Ich bin Alpha X." Mir lief es kalt den Rücken herunter. Die Stimme des Jungen, der gerade gesprochen hatte, ließ mich regelrecht erstarren. Es lagen so wenige Emotionen darin, dass man Alpha X auch gut für einen Roboter hätte halten können. Er fuhr fort: „Ihr seid hier, weil ihr in die Organisation eintreten werdet. Ich werde euch nun eure Ämter übergeben und euren Befehlshabern zuteilen. Stellt euch in einer Reihe auf!" Stumm gehorchten wir; etwa dreißig Jungen und Mädchen stellten sich in einer Reihe auf, ich stand genau in der Mitte der Reihe. Alpha X schritt zum einen Ende der Reihe. Hinter ihm ging geschmeidig wie eine Katze das Mädchen. Sie hatte bisher nicht ein Wort gesagt. Alpha X begann, leise auf den Jungen am Ende der Reihe einzureden, sodass ich nicht verstehen konnte, was er sagte. Nach etwa einer halben Minute zog er etwas aus der Tasche und gab es dem Jungen in die Hand, der daraufhin verschwand. Nach wenigen Schritten verschluckte ihn die Menge der schwatzenden, gestikulierenden und lachenden Schüler. Plötzlich nahm ich aus dem Augenwinkel eine Bewegung wahr. Ich sah genauer hin. Wild gestikulierend schrie Julius auf Alpha X ein. Der Großteil seiner Worte ertrank in der Wolke der Konversation, die über dem Schulhof schwebte, doch einige Satzfetzen wehten zu mir herüber: „Saubande", „ungerecht" und „weigere mich". Ich beobachtete, wie Alpha X etwas sagte, worüber Julius scheinbar noch erboster wurde. Wütend hob er seine Faust und ließ sie auf Alphas Schädel niedersausen. Blitzschnell packte das Mädchen, das die ganze Zeit über neben Alpha X gestanden hatte, Julius Arm und ließ die andere in seinen Bauch fahren. Julius sackte sofort zusammen. Als wäre überhaupt nichts geschehen, wandte sich Alpha X der nächsten Person in der Reihe zu. Ein kalter Schauer lief mir über den Rücken. Ich wagte nicht, in Julius Richtung zu schauen, aus Angst, ich könnte der nächste sein, der diesem unheimlichen Mädchen zum Opfer fiel. Was sollte ich tun? Verzweifelt suchte ich einen Weg, Julius zu helfen, ohne selbst aufzufallen. Da stand Alpha X auch schon vor mir. „Du wirst zum Spähtrupp eingeteilt." sagte er knapp. „Dein Deckname ist Spy-7." Melde dich morgen in der Caféteria! Du musst das hier tragen." Mit diesen Worten überreichte er mir ein schwarzes Lederband, an dem ein Drache befestigt war, der die Flügel spreizte. Dann setzte er seinen Weg fort und trat zu dem nächsten in der Reihe. Ich beeilte mich zu Julius zu kommen. Doch als ich an der Stelle angekommen war, wo Julius zu Boden gefallen war, war er verschwunden. Auch die anderen Schüler, die neben ihm gestanden hatten, waren bereits verschwunden. Angst überkam mich. Julius konnte doch nicht einfach davon marschiert sein. Plötzlich spürte ich eine Hand auf meiner Schulter. Ich drehte mich um und blickte in das Gesicht des Mädchens. Sie sah mir mit ihrem kalten Blick direkt in die

Augen, sodass ich vor Angst zu zittern begann. „Geh!“ flüsterte sie, es klang fast wie das Zischen einer Schlange. Mit Freuden kam ich ihrer Aufforderung nach und lief so schnell wie möglich davon. Julius hatte sich bestimmt selbst in Sicherheit gebracht.

X

Am nächsten Tag kam ich bereits zwanzig Minuten vor Unterrichtsbeginn zur Schule. Auf dem Schulhof standen schon einige Schüler, doch der größte Teil würde noch kommen. Ich brachte meine Schultasche in den Klassenraum und betrat um 7.45 die Caféteria. Der Unterricht begann um 8.00, also hatte ich noch eine Viertelstunde Zeit. Etwa zwanzig Leute saßen in dem vierzigmal vierzig Meter großen Raum. Die meisten saßen über irgendwelchen Schulheften und Büchern. Unsicher sah ich mich um. Ich beschloss, mich einfach an einen der zahllosen Tische zu setzen und suchte mir eine abgelegene Ecke. Dann wartete ich. Nach fünf Minuten kam ein etwa sechzehnjähriges Mädchen an meinen Tisch und setzte sich, ohne auch nur mit der Wimper zu zucken auf den Stuhl mir gegenüber. Ich wollte sie schon zurechtweisen, da fiel mir die Kette auf, die sie um den Hals trug: Ein schlichtes, schwarzes Lederband, an dem ein silberner Drache hing, der die Flügel spreizte. Das Symbol der Organisation. Also verhielt ich mich ruhig. Ich wartete darauf, dass sie ein Gespräch beginnen würde. So schwiegen wir uns gegenseitig an, ohne auch nur eine Miene zu verziehen. Dann begann sie zu sprechen, leise, aber mit einer Stimme, die keinen Widerspruch zu dulden schien. „Guten Tag, Spy-7. Ich bin Kaskada, deine Vorgesetzte. Ich werde dir deine Aufträge erteilen und deine Ergebnisse weiterleiten. Deine Aufträge werden hauptsächlich darin bestehen, andere Schüler zu observieren. Wir werden uns ab heute jeden Donnerstag vor der Schule hier treffen. Hast du ein Handy?“ Ich verneinte, noch ganz verwirrt von ihrem Monolog. „Gut, dann werde ich dir einen Partner zur Seite stellen.“ Plötzlich bemerkte ich, dass am Nachbartisch ein Junge saß, der aufmerksam zuzuhören schien. Er trug eine verspiegelte Sonnenbrille. In diesem Augenblick sagte Kaskada: „Spy-Fly, du kannst jetzt kommen." Als hätte er darauf gewartet, stand der Junge auf. Ich traute meinen Augen kaum. „Er wird dir alles Weitere erklären. Auf Wiedersehen." Mit diesen Worten stand Kaskada auf und verließ die Cafeteria.

X

André setzte sich auf Kaskadas Stuhl. Sein Grinsen zog sich übers ganze Gesicht. Er nahm die Sonnenbrille ab und legte sie vor sich auf den Tisch. „Also, wo soll ich anfangen? Bei unseren Aufträgen? Bei der Organisation, oder was hättest du gern?" „Tu, was du für richtig hältst!" entgegnete ich. Ernst begann André: „Die Organisation ist wie alle anderen Gangs an unserer Schule eine Vereinigung, die..." er zögerte, „...nach den Interessen ihrer Mitglieder agiert. Wir versuchen, alle anderen Gangs unter unsere Kontrolle zu bekommen, damit sie nicht weiter unschuldige Schüler tyrannisieren und die Schule ins Verderben stürzen. Zu diesem Zweck beobachten wir alle Schüler nach genauen Regeln und Vorschriften, zum Wohle aller. Die Organisation sind die ersten, die wirklich organisiert daran gehen, die Schule unter Kontrolle zu bekommen. Wir haben hervorragende Kontakte, in ein bis zwei Jahren ist alles hier wieder gewaltlos und friedlich. Stell dir vor, endlich gibt es keine Trennung mehr, jeder hat die gleichen Rechte und niemand muss vor irgendjemandem Angst haben, wie jetzt. Zu diesem Zweck überwachen wir jeden Schüler an dieser Schule. Du kannst dir sicher sein, dass jeder Schritt, den du während deiner Schulzeit tust, genauestens dokumentiert wird, deine Fähigkeiten, deine Schwächen alles ist in Bits und Bytes festgehalten."-„Aber was hat das für einen Sinn?"-„Wir können immer mehr Schüler auf unsere Seite ziehen, wenn wir ihr Innenleben kennen. Wir haben sie unter absoluter Kontrolle. Nicht viele wagen es, sich ihrer eigenen Vergangenheit entgegenzustellen, oder gar, sie zu ignorieren. So können wir auf friedliche Weise jeden kontrollieren, oft sogar, ohne dass derjenige es überhaupt merkt. Wir können die Reaktionen der Schüler vorausberechnen, sie manipulieren, oder verhindern, ohne, dass diese auch nur im Entferntesten an unsere Existenz glauben." - „Und wer hat sich das alles ausgedacht? Ich meine, es gibt nicht viele, die mächtig genug sind, so etwas wie die Organisation auf die Beine zu stellen und außerdem gibt es, glaube ich, unter ihnen Niemanden, der zum Wohle aller Schüler agiert!" André verfiel in ein kurzes Schweigen. Er schien zum ersten Mal darüber nachzudenken, ob die Motive der Organisation andere waren, als er sie sich vorstellte. Plötzlich wurde mir bewusst, was das bedeutete: Wenn selbst André, den ich für relativ bodenständig hielt, in kindliche Naivität verfiel, wenn er über die Motive der Organisation nachdachte, wer stand dann schon alles auf der Liste der Organisation? Andererseits, warum nicht? Derjenige, der die Organisation gegründet hatte, würde bei der Erfüllung seines Auftrags eine Menge Ruhm ernten. Da begann André wieder zu sprechen: „Wie dem auch sei, in der Organisation gibt es eine feste Rangordnung, in der man aufsteigen kann, wenn man seine Aufträge gut erfüllt. Die Rangordnung scheint sehr komplex zu sein. Niemand kennt sie ganz. Ich weiß nur, dass an der Spitze jemand steht, der sich the brain nennt. Keiner weiß wer er wirklich ist. Ich habe ihn noch nie zu Gesicht bekommen, auch Kaskada nicht, unsere Vorgesetzte. Er koordiniert sämtliche Aktionen der Organisation, er ist sozusagen das Gehirn der Organisation." Er lachte kurz auf. „Scherz beiseite, nun zu unseren Aufträgen. Sie werden hauptsächlich darin bestehen, andere Schüler zu beschatten. Die Ergebnisse müssen wir dann in einem wöchentlichen Bericht zusammenfassen. Wenn wir uns gut schlagen, haben wir Aussichten auf eine Beförderung." - „Hört sich interessant an." fand ich. „Und was bekommen wir dafür?" - „Pro Monat 10 O.I.M, das sind momentan etwa 2 Euro. Zusätzlich gibt es für jeden Auftrag eine Prämie. Außerdem besitzt jedes Mitglied der Organisation ein „Punktekonto", auf das deine Punkte gutgeschrieben werden. Punkte erhältst du für gute Ausführung eines Auftrags, oder so was. Ich steig da auch noch nicht ganz hinter, aber desto mehr Punkte man besitzt, desto schneller wird man befördert." André machte eine Pause. Ich war reichlich verwirrt von dem, was er gesagt hatte. „Was sind O.I.M?" fragte ich, um einen Anfang zu machen. „O.I.M ist die Abkürzung für „Organisation Intern Money". Das ist die Währung, in der wir bezahlt werden. Natürlich kann man sie jederzeit bei der Organisation umtauschen." Wieder sagte er einen Augenblick lang nichts, dann fiel ihm plötzlich etwas ein. Er zog etwas aus der Hosentasche, das etwa die Größe eines Fünf-Euro-Scheins hatte, und legte es auf den Tisch. Es war eine Plastikkarte, schwarz, mit weißen Buchstaben bedruckt. Darauf stand:

Die Organisation

Name: Spy-7
Abteilung: Spionage
Rang: 5
Code number: 4526918000

„Die gehört dir." Er schob die Karte über den Tisch zu mir hinüber. „Vor allen Dingen die Nummer wirst du brauchen, sie enthält deine Gehaltsklasse und alle anderen Informationen. Verliere die Karte nicht, sie ist mit deiner Kette..." er deutete auf den Drachen, den ich um den Hals trug, „...ein Erkennungszeichen dafür, dass du zur Organisation gehörst."-„Und wie lautet unser erster Auftrag?" André stand auf und kam zu mir um den Tisch herum. Er zog sein Handy aus der Tasche, ein schwarzer, flacher Quader mit Touchscreen, tippte einen Moment darauf herum und hielt es mir dann hin. Auf dem Display sah man ein Bild von einem Mädchen. Darunter stand ein Name: Isabelle Schlenker. Ich kannte das Mädchen; es ging in unsere Klasse. Mit gesenkter Stimme erklärte André: „Unser

Auftrag ist es, dieses Mädchen die nächste Zeit zu observieren. Gegen sie liegt bei unseren Schriftführern noch nichts vor, das heißt, sie ist schwer zu beeinflussen. Wir müssen etwas finden, das sie um jeden Preis geheim halten will." - „Sonst nichts?!" wunderte ich mich. Dass es mir darüberhinaus seltsam vorkam, dass dieses Mädchen eine Gefahr für andere Schüler darstellen sollte, erwähnte ich nicht. „Das wird gar nicht so einfach. Ich habe schon einen dieser Aufträge hinter mir. Fünf Wochen habe ich gebraucht, um herauszufinden, dass der Kerl, den ich beschattet habe, ein Bettnässer ist." In diesem Augenblick schellte es zum Beginn des Unterrichts. Wir standen auf. „Und noch eins..."sagte André, halb im Gehen. „selbstverständlich kein Wort zu Niemandem." Ich nickte. Wir verließen die Cafeteria und gingen in unseren Klassenraum. So begann meine Laufbahn als Mitglied der Organisation.

X

André behielt recht. Jede freie Minute folgten und beobachteten wir Isabelle Schlenker, doch es zeigte sich nicht die Spur eines Geheimnisses. Nach der Schule verabredeten wir, dass wir abwechselnd nachmittags Isabelle überwachen würden. André erhoffte sich dadurch eine „schnellere Aufklärung des Falls", wie er es nannte. Am ersten Tag war André dran. Ich selbst verbrachte meinen Nachmittag wie immer: Skaten, Computer spielen, etc.

Am nächsten Morgen trafen wir uns auf dem Schulhof. Nach einer knappen Begrüßung hielt mir André einen Zettel unter die Nase. Darauf standen einige Stichpunkte:

-Adresse: Kerterstraße 15
-Tel.: 07153/78915
-Eltern: Herbert und Anette Schlenker

Dann reichte er mir einen zweiten Zettel. Ich erkannte deutlich den Grundriss eines Hauses. In der oberen rechten Ecke stand:

Kerterstraße 15. Ich war beeindruckt. „Wenn wir so weiter machen, kennen wir in einer Woche den Inhalt jeder Schublade.“ - „Das reicht aber noch nicht.“ entgegnete André ernst. Er zog sein Handy aus der Tasche und zeigte mir einige Bilder: Mehrere Zimmer, durch ein Fenster fotografiert. Nun war ich wirklich sprachlos. „Wo hast du die her?“ fragte ich begeistert. „Hab ich gestern Nachmittag gemacht.“ grinste er. „Dachte mir, es könnte nicht schaden.“ - „Heute Nachmittag bin ich dran. Was soll ich dann eigentlich noch machen?“ Mir war die ganze Sache sehr suspekt, da ich die Vorgehensweise der Organisation noch nicht kannte. André deutete auf einen Punkt auf dem Grundstücksplan. Von hier kannst du geschützt Haus und Garten beobachten. Wenn du eine Frage hast, kannst du mich hiermit erreichen.“ Er zog ein weiteres Touchhandy aus der Tasche, das dem anderen aufs Haar glich. Kurz erklärte er mir dessen Funktionen. Da ging Isabelle Schlenker in einiger Entfernung an uns vorüber. Wortlos und unauffällig hefteten wir uns an ihre Fersen.

X

Die Schulzeit verlief reibungslos. Isabelle schien sich so sicher zu fühlen, wie ein Kleinkind in den Armen seiner Mutter. Nach der Schule folgte ich ihr zum Haus ihrer Familie. Ich hatte meinen Eltern erzählt, ich äße bei André und verbrächte den Nachmittag bei ihm. Stattdessen hatte ich mir ein Butterbrot eingepackt, das ich nun im Gebüsch im Garten der Kerterstraße 15 sitzend verzehrte. Dabei beobachtete ich die Familie beim Essen durch das Küchenfenster. Sie schienen sich angeregt zu unterhalten. Das Küchenfenster war verschlossen, sodass man nicht hören konnte, was drinnen gesprochen wurde. Ich zog das Handy aus der Tasche, das André mir in der Schule gegeben hatte, und rief die Bilder der Küche auf. Es war ein kleiner, ordentlicher Raum, in dem ein Herd, ein Kühlschrank und ein Tisch standen. An der Wand waren mehrere Regale angebracht, in denen sich allerlei Kochutensilien befanden. Plötzlich sah ich vor meinen Füßen etwas metallisch Glänzendes liegen. Es war ein kleiner grauer Kubus, nicht größer als eine Streichholzschachtel, mit einem roten Knopf an der Seite. Es war eine Abhörwanze. Ich hatte sie mitgebracht, um sie im Haus zu deponieren, sodass wir die Schlenkers gefahrlos abhören konnten. Sie musste mir wohl aus dem Rucksack gefallen sein. Als Empfänger diente das Handy. Erneut betrachtete ich die Bilder auf dem Bildschirm des Gerätes. Mir fiel ein kleiner Spalt zwischen einem Schrank und der Wand auf. Perfekt. Jetzt brauchte ich nur noch ein bisschen Glück.

X

Nach einer Viertelstunde beendeten die Schlenkers ihr Mittagessen. Der Vater verließ das Haus, Isabelle ging in ihr Zimmer. Durch ein Fenster im ersten Stock sah ich sie an einem Schreibtisch sitzen. Wahrscheinlich machte sie Hausaufgaben. Nun befand sich nur noch Anette Schlenker in der Küche. Auch sie verließ, nachdem sie den Abwasch erledigt hatte, den Raum. Vorher hatte sie allerdings eines der Fenster geöffnet. Ich jubelte innerlich vor Freude. Ich wartete einen kurzen Augenblick, dann setzte ich mir eine Sonnenbrille, die ich extra zu diesem Zweck in meinen Rucksack gesteckt hatte auf und nahm die Abhörwanze. Langsam schlich ich zu dem offenstehenden Fenster. Das war ja kinderleicht. Der Spalt zwischen Wand und Schrank befand sich genau neben dem Fenster, wie es auf den Bildern zu sehen gewesen war. Mit einer Hand schob ich das Abhörgerät in den Spalt, mit der anderen drückte ich den Schrank gegen die Wand. Die Wanze saß bombenfest. Hier würde sie niemand finden. Allerdings würde es schwieriger werden, sie wieder zu entfernen. Aber für den Moment war mir das egal. Ich zog mich in mein Versteck zurück und verbrachte noch eine weitere Stunde damit, dort die Wanze via Touchhandy korrekt einzustellen.

X

Am nächsten Morgen berichtete ich André vom gestrigen Nachmittag. Er war sehr zufrieden. Er schlug vor, die Wanze sofort auszuprobieren, was ich noch nicht getan hatte. Sofort aktivierte ich die entsprechende Funktion des Handys. Aus dem Gerät klangen Laute von klirrendem Besteck und die Stimme einer Frau, die fröhlich eine Melodie pfiff. Anette Schlenker schien den Abwasch zu erledigen. Zufrieden stellte ich das Gerät wieder aus. Dann gingen André und ich in unsere Klasse.

X

Den weiteren Tag verbrachte ich wie immer: Essen, Hausaufgaben, Skaten, Fußball, Computerspielen, usw. Außerdem stellte ich den Computer so ein, dass ich problemlos per Funk auf Andrés und mein Handy zugreifen konnte. Als ich gerade den Computer ausschalten wollte, wurde die Filmfunktion von Andrés Handy aktiviert. Über den Computerbildschirm konnte ich sehen, was gefilmt wurde. Ein Mann, der zweifellos Herbert Schlenker war, lief mit krebsrotem Gesicht hinter der Kamera her, die sich aber immer weiter von ihm entfernte. Das Bild wackelte stark, sodass ich annahm, André fliehe mit dem Handy in der Hand vor dem Mann. Der Mann bewegte die Lippen, als riefe er etwas. Natürlich rief er etwas. Ich stellte die Lautstärke des Computers mit einem Mausklick auf „on“ und schon lief vor meinen Augen das reinste Kinodrama ab. „Stopp, stehen bleiben!“ rief der Mann. Allerdings sah es so aus, als wolle er selber gleich dieser Aufforderung nachkommen. André war schon immer ein guter Läufer gewesen. Da wurde der Bildschirm plötzlich kurz schwarz und kehrte zur vorherigen Übersicht zurück. Der Filmvorgang war beendet worden. Da wurde mir klar, dass Schlenker André in seinem Garten entdeckt haben musste. Was war geschehen? Ungeduldig wartete ich auf eine Nachricht von ihm.

X

Die Nachricht erschien exakt drei Minuten später in Form eines Anrufes auf meinem Handy. Ich nahm den Anruf entgegen. „Was ist passiert?“ fragte ich aufgeregt. „Isabelles Vater hat mich gefunden.“ keuchte die Stimme am anderen Ende. „Weiß ich. Und weiter?“ „Woher weißt du das?“ André schien irritiert. Alle Erschöpfung war plötzlich aus seiner Stimme gewichen. Natürlich, er konnte ja nichts davon wissen, das ich sein Handy „angezapft“ hatte. „Erklär ich dir später, aber jetzt erzähl!“

X

André erzählte mir schnell, was passiert war: Er hatte, wie die letzten Tage auch, in seinem Versteck gesessen, als Herbert Schlenker plötzlich auf die Idee gekommen war, den Rasen mähen zu wollen. So hatte er ein etwas sonderbares „Unkraut“ vor seinen Rasenmäher bekommen. Das schien ihm ganz und gar nicht gefallen zu haben, sodass er das „Unkraut“ durch das halbe Stadtviertel verfolgte. „Wir müssen von nun an vorsichtiger sein.“ schloss André seinen Bericht. Ich bejahte. „Wir treffen uns morgen in der Schule und beraten über alles Weitere.“ sagte er. Dann wurde das Gespräch abgebrochen.

X

Der nächste Tag war ein Freitag. Früh stand ich auf, aß eine Schüssel Haferflocken mit Milch, wusch mich, zog mich an und brach schließlich auf. Bereits eine ganze Weile vor Unterrichtsbeginn trafen André und ich uns wie gewöhnlich auf dem Pausenhof. Am Wochenende würden wir Isabelle nur beim Mittagessen kurz abhören (wir hatten herausgefunden dass die Schlenkers jeden Tag um exakt 14.00 zu Mittag aßen), vielleicht gab es bei Familie Schlenker interessante Neuigkeiten.

X

Der Vormittag verlief ohne weitere Vorkommnisse. Freitags war für mich bereits um 12.30 Uhr Schulschluss. Deshalb ging ich erst nach Hause und aß mein Mittagessen. Nach den Hausaufgaben brach ich zur Kerterstraße 15 auf. In einiger Entfernung vom Haus blieb ich stehen. Ich setzte meine Sonnenbrille auf, nur für den Fall, das mich jemand entdeckte. Dann schlenderte ich möglichst unauffällig zum Holzzaun, der den Vorgarten des Hauses umgab. Ich spähte am Haus vorbei in den verwilderten Garten. Nun, nachdem Herr Schlenker den 20 Zentimeter hohen Rasen um die Steinterasse, die ans Haus grenzte, gemäht hatte, sah er nicht mehr ganz so verwildert aus. Es würde nun nicht mehr so einfach sein, das Haus zu beobachten. Es war 13.45 Uhr. Ich hatte also noch 15 Minuten Zeit, bis die Schlenkers zu Mittag aßen. Der eigentliche Garten lag hinter dem Haus und grenzte an einen dichten Tannenwald. Allerdings war er, im Gegensatz zum Vorgarten von einer etwa zwei Meter hohen Betonmauer umgeben, die dem kranken Hirn irgendeines paranoiden Architekten entsprungen zu sein schien. Ich aber hatte vorgesorgt: Auf der Waldseite des Gartens gab es in der Mauer eine Holztür. Diese gedachte ich zu „öffnen". In meinem Rucksack befanden sich ein Brecheisen, sowie ein Vorhängeschloss, ähnlich dem, das sich bereits an der Tür befand. Ich hatte es meinem Vater in einem stillen Moment aus der Werkzeugkiste gestohlen, er würde es sowieso nie suchen, weil er sich über den Inhalt seines Werkzeugkastens so wenig im Klaren war, wie über das, was ich den Nachmittag über trieb. Ich umrundete also das Grundstück und schlug mich ins Geäst. Nach kurzer Zeit erreichte ich die Holztür. Von dieser Seite war sie schon ziemlich verdreckt, voller Harz und Vogelexkrementen. Einzig das Vorhängeschloss glänzte wie neu. Nachdem ich es mit der Brechstange aufgebrochen hatte, ersetzte ich es durch das Mitgebrachte, wozu ich natürlich den Schlüssel besaß. Das zerstörte Schloss steckte ich in meinen Rucksack. Meine Tat würde wahrscheinlich so schnell niemand bemerken, da die Tür augenscheinlich nicht allzu oft benutzt wurde. So betrat ich den Garten und versteckte mich hinter einem mannshohen Johannisbeerstrauch, in der Nähe des Hauses. Die Sonnenbrille nervte, ich legte sie ins feuchte Gras vor meinen Füßen. Dann warf ich einen Blick auf meine Uhr: drei Minuten vor Zwei. Schnell zog ich mein Handy aus der Tasche und aktivierte das Abhörgerät. „Essen!“ erklang eine heitere Frauenstimme. „Isabelle, Herbert, das Essen ist fertig.“ Wenig später waren Schritte zu hören, dann Stühlerücken. „Was gibt's denn heute Leckeres, Schatz?“ fragte eine heisere Männerstimme. Es war unverkennbar die Herbert Schlenkers. „Bohneneintopf.“ antwortete seine Frau. Dann war das Klirren von Geschirr zu hören. Zwischen zwei Löffeln Bohneneintopf fragte die Mutter ihre Tochter: „Na, wie war´s denn heute in der Schule?“ Das dies eine Standardfrage war konnte man deutlich an dem Ton hören, mit der Isabelle die Ausflucht aller Schülerinnen und Schüler herunter ratterte: „Ach, eigentlich nichts besonderes.“ Es war auch nichts „besonderes“ gewesen, doch Eltern haben die Angewohnheit, ein alltägliches Schulerlebnis als absoluten Sonderfall aufzufassen, von dem ihnen unbedingt erzählt werden muss. Gelangweilt erzählte Isabelle weiter: „In Mathe hat mir Herr Osterkamp heute eine Zwei gegeben. Er meinte, wegen meiner guten mündlichen Mitarbeit...“ Plötzlich fragte die Mutter, hörbar irritiert: „Wo hast du denn dieses Armband her? Das habe ich ja noch nie gesehen.“ Ein beklemmendes Schweigen entstand. Man konnte förmlich spüren, dass die Situation im nächsten Augenblick aus dem Ruder laufen würde. „Isabelle!“ wiederholte Frau Schlenker „Würdest du mir bitte sagen, wo du dieses Armband herhast?“ Keine Antwort. Langsam schien Frau Schlenker genug zu haben. „Du sagst mir jetzt sofort, wo du dieses Armband herhast!“ Resigniert antwortete Isabelle „Ich hab s von Clarissa.“ „Was!?“ rief ihre Mutter empört. Du hast mir versprochen, dass das nicht wieder vorkommt! Gleich morgen fängst du mit deiner Therapie wieder an!“-„Aber...“-„Kein Aber! Außerdem sorgst du dafür, dass Clarissa ihr Armband morgen wiederbekommt, und wehe, mir kommt irgendeine Beschwerde zu Ohren, dann...“ Sie schien ernsthaft wütend zu sein. Ganz im Gegensatz zu mir, ich jubelte (natürlich nur innerlich) vor Freude. Ich schaltete das Handy auf „Aufzeichnen“ und stellte den Ton aus. Wir waren fündig geworden, Isabelles Fassade war in sich zusammengefallen wie ein billiges Kartenhaus, ohne, dass sie etwas davon wusste. In nicht einmal ganz fünf Tagen hatten wir unseren Auftrag erledigt. Sobald die Schlenkers vom Esstisch aufgestanden waren, rief ich André an, um ihn über den Fortlauf der Ereignisse zu informieren.

X

Auch André war begeistert. Er war ganz aus dem Häuschen, als ich ihm die soeben aufgenommene Tondatei schickte. „Jetzt müssen wir nur noch die Wanze zurückholen, dann ist unser Auftrag erfüllt.“ Die Wanze! Die hatte ich ganz vergessen. Egal, es würde auch nicht schwieriger sein, sie zu entfernen, als sie zu verstecken. Ich beendete das Telefonat mit André, dann setzte ich ein weiteres Mal meine Sonnenbrille auf. Meinen Rucksack versteckte ich vorsichtshalber in einem dichten Strauch, wo ihn keiner finden würde. Vorsichtig robbte ich durch das hohe Gras, das Herrn Schlenkers Rasenmäher noch nicht zum Opfer gefallen war, so nahe wie möglich ans Haus heran. An der Grenze zur Steinterasse hielt ich inne und spähte durch das Küchenfenster. Es stand offen, die Küche war leer. Auch hinter den anderen Fenstern bewegte sich nichts. Langsam ging ich in die Knie und zählte bis Zehn. Dann federte ich hoch und sprintete so leise und schnell wie möglich zum Küchenfenster. Ich griff mit meiner Hand in den Spalt zwischen Wand und Schrank. Schnell hatte ich den kalten, metallenen Kubus ertastet und aus dem Spalt gezogen. In diesem Moment stieg mir ein wohliger Geruch in die Nase. Der Duft von Bohneneintopf. Da nahm ich eine Bewegung im Augenwinkel wahr. In meinem Kopf schrillten sämtliche Alarmglocken. Plötzlich überschlugen sich die Ereignisse: Ich sah Herbert Schlenker kaum zwei Meter entfernt um die Hausecke kommen. Gleichzeitig erschien Anette Schlenker in der Küchentür mit einem

Fotoapparat im Anschlag. Mir blieben nur wenige Sekunden Zeit. Ich rannte in Richtung Hausecke, genau auf den verdutzten Herbert Schlenker zu, rammte ihm die Faust in den Magen, hechtete in vollem Tempo um die Hausecke und sprang über den Gartenzaun. Herbert Schlenker schien sich bereits von meinem Schlag erholt zu haben, denn er rannte rasend vor Wut hinter mir her. Allerdings schien er noch etwas angeschlagen, denn es gelang mir, ihn abzuhängen, bevor er das Ende der Straße erreicht hatte. Dort verfiel er in leichten Trab. Es war wirklich eine gute Idee gewesen, den Rucksack in meinem Versteck zurückzulassen.

X

Keuchend erreichte ich die Rückseite des schlenker'schen Grundstücks. Schnell öffnete ich die Tür. Den Schlüssel hatte ich mir zum Glück in die Tasche gesteckt. Es dauerte nicht lange, bis ich mit dem Rucksack auf dem Rücken wieder auf der Straße stand. Mein erster Auftrag war erfolgreich abgeschlossen.

X

Am nächsten Tag, einem Samstag, traf ich mich mit André, um den Bericht zu verfassen. Wir setzten uns in seinem Zimmer an den Schreibtisch. Er erklärte mir, wie man einen solchen Bericht verfasste und worauf man achten musste. André tippte den Text in seinen Computer ein.

Bericht
Operation: I.S.-O.B.-0985648
Auftrag: Beschaffung interner Daten, I.S. betreffend
Ausführende: Spyfly(4539718000) /spy 7 (4526918000)
Datum/Laufzeit: 27.2.2009-3.3.2009

Ergebnis: Auftrag erfolgreich abgeschlossen.

Ergebnismaterial:	-Hausgrundriss
	-belastende Audiodatei
	-Zutritt zum Grundstück (Level 4)
	-Fotografien des Hausinnern
Entstandene Schäden:	-Sichtung beider Agenten
Verlorenes Material:	/
Ablauf:	1. Observierung
	2. Erstellung des Hausgrundrisses/der Bilder
	3. Weiter Observierung
	4. Anbringung eines Abhörgerätes
	5. Observierung
	6. Sichtung Spy-Fly
	7. Observierung
	8. Instandsetzung des Eingangs
	9. Erstellung des Tondokuments
	10. Sichtung Spy-7
Auftrag abgeschlossen	
	11. Demontage des Abhörgerätes
	12. Bericht

Dann schickte André den Bericht mitsamt dem Hausgrundriss und der Tonaufnahme per e-Mail an die Organisation „Organisation-nt.com". Schließlich lehnte er sich zufrieden zurück. „So" sagte er. „Das hätten wir."

X

Den Rest des Wochenendes verbrachten wir mit Fußballspielen, Skaten und damit, uns auszumalen, wie wir belohnt würden, wenn wir den Bericht ablieferten. Bei Letzterem erklärte mir André dass die Währung innerhalb der Organisation in O.I.M ausgezahlt wurde. Man konnte sich seine Belohnung allerdings auch in klingender Münze auszahlen lassen. Der Vorteil der

O.I.M aber war, dass ihr Wert stieg, wenn die Organisation aufstieg, was sie momentan in rasantem Tempo tat, ähnlich wie bei einer Aktie.

X

Am Montagmorgen holte ich André früh morgens zuhause ab. Dies geschah selten, da ich dafür einen großen Umweg in Kauf nehmen musste. Gut gelaunt trafen wir um 7.40 Uhr an der Schule ein. Beide trugen wir die Kette mit dem silbernen Drachen der Organisation. Wir betraten die Cafeteria und setzten uns an einen Tisch in der hintersten Ecke. Ich war ein bisschen nervös, immerhin hatte ich Kaskada bisher nur einmal gesehen. André bestellte sich eine Cola; mir war nicht nach Trinken zumute. Gerade als er zur Theke ging, die auf der anderen Seite des Raumes lag, bemerkte ich Kaskada, die auf unseren Tisch zusteuerte. Ich hatte sie sofort wiedererkannt, sie trug sogar dieselbe Kleidung wie am vergangenen Montag. Seltsam, dachte ich. So etwas fällt mir doch sonst nicht auf.
Kaskada erreichte unseren Tisch und setzte sich. „Wo ist Spy-Fly?“ fragte sie. „Er bestellt sich eben eine Cola.“ Ich versuchte so gleichgültig wie möglich zu klingen, doch es gelang mir nicht. Kaltes Schweigen entstand zwischen mir und Kaskada. Als es gerade so unangenehm wurde, dass ich schon nach einer Möglichkeit suchte, mich aus dem Staub zu machen, trat André zu uns und setzte sich ebenfalls. Er zwinkerte mir aufmunternd zu und zog eine CD aus seiner Schultasche „Hi Kaski!“ sagte er kurz. „Nenn mich nicht Kaski!“ bekam er kühl zurück. „Ich denke, das wird dich ein bisschen aufmuntern.“ Mit diesen Worten überreichte André Kaskada die CD. „Was ist da drauf?“ Wollte sie wissen. „Nun ja“, witzelte André. „die Schweizer Kontodaten des kompletten Bundestages“ „Komm zur Sache!“ fuhr ihn Kaskada gereizt an. „ Wir haben nicht ewig Zeit.“ „Gut.“ sagte André, nun wieder ernst. „Wir haben den Auftrag erfolgreich abgeschlossen. Auf der CD findest du die Einzelheiten.“ Kaskadas Mine hellte sich auf. „Gut gemacht.

Mein Kompliment. Das trifft sich ja ausgezeichnet." Sie zog fünf kleine Kästchen von der Größe einer Streichholzschachtel und mehrere Blatt schwarzes Papier, Größe DIN A7 aus ihrer Hosentasche. „Jeder von euch bekommt fünf." Sie reichte André und mir jeweils fünf der schwarzen Blätter. „Außerdem, habe ich einen weiteren Auftrag für euch: bringt die Schachteln jeweils der Person, dessen Name darauf steht!" Sie schob die Schachteln über den Tisch. „Der Inhalt ist streng geheim, also seht euch vor. Auf Wiedersehen." Kaskada stand auf und verließ die Cafeteria.

X

Wie gebannt starrte ich auf die schwarzen Scheine. Plötzlich sagte André: „Hey, den kenne ich." Er hatte eine der Schachteln in die Hand genommen und begutachtete das Etikett. „Das ist der Typ aus der Oberstufe, der in der Pause immer hinter der Sporthalle raucht." Nun legte auch ich das Geld beiseite und wog eine der Schachteln in meiner Hand. Sie wog kaum mehr als 100g. Ich las das Etikett auf der Oberseite. „Bert Klocke" stand darauf. Ich stutzte. Bert Klocke war einer unserer Lehrer. Ich zeigte André das Etikett. Auch er schaute reichlich verwundert drein. „Naja", meinte er. „Es wird wohl schon stimmen." „Wir haben gleich Unterricht bei Klocke." fiel mir ein. „Super, dann können wir ihm die Schachtel geben." André griff nach der dritten Schachtel. „He, die kenn ich auch." rief er. „Dann ist ja alles so gut wie erledigt." Ich warf einen Blick auf meine Uhr. „Wir müssen los. Jeden Moment beginnt der Unterricht." „Dann los." sagte André. Wir steckten die Schachteln und das Geld in unsere Schultaschen, dann machten wir uns zu unserem Klassenraum auf.

X

Gleich in der ersten Stunde hatten wir bei Bert Klocke Unterricht. Mathematik. Er war berüchtigt für seinen stinklangweiligen Unterricht. Dazu kam, dass ich in Mathe nicht gerade eine große Leuchte war. Ich hatte es in den letzten Jahren immer gerade mit einer 4 minus geschafft, mich an der Nachprüfung vorbei zu mogeln. Nach der Stunde zog ich die Schachtel aus meiner Schultasche und ging nach vorn zum Pult. Herr Klocke war damit beschäftigt, seine auf dem Pult verteilten Arbeitsutensilien irgendwie in seine Aktentasche zu stopfen. Dabei fluchte er permanent leise in sich hinein. Mit seiner hohen Fistelstimme klang es fast so, als würde er auf ein Kleinkind einreden. als er mich bemerkte, sah er auf. „Na was gibt's denn mein Junge?“ fragte er, immer noch ein bisschen verärgert. „Ich habe etwas für Sie.“ antwortete ich und reichte ihm die Schachtel. Mit einer schnellen Bewegung riss er sie an sich. Verdattert sah ich ihn an. Bert Klocke bückte sich zu mir hinab und flüsterte: „Bestell „The Brain“ dass er seine Lieferung demnächst bitte etwas unauffälliger zustellen soll. Und jetzt verschwinde!“ Ich gehorchte und kehrte zu meinem Platz zurück. Ich wollte gerade meine Schulbücher für die nächste Stunde aus der Tasche holen, da erschien André neben meinem Tisch. „Und?“ fragte er neugierig. Ich erzählte ihm, was Bert Klocke mir gesagt hatte. Nachdenklich sagte André: „Ich wüsste zu gern, was in den Schachteln steckt.“ In diesem Moment erschien unser Geschichtslehrer, Doktor Kerster und begann den Unterricht.

X

In der Pause teilten wir uns auf: Ich nahm die Schachtel für den Oberstufler und André die andere. Der Oberstufler hieß Dennis Klausen. Wo ich ihn antraf, war klar. Ich schlenderte möglichst unauffällig, aber nach allen Seiten Ausschau haltend hinter die Sporthalle. Wie erwartet stand er dort: Lederjacke, hochgekämmte schwarze Haare und eine glimmende Zigarette im Mundwinkel. Eine seltene Erscheinung, ein Schüler, der zu keiner Gang gehörte und bisher auch von allen anderen in Ruhe gelassen worden war. Allerdings sprachen sein Aussehen und seine Größe für sich. Als ich mich ihm näherte, lief es mir kalt den Rücken herunter, und das nicht, weil ich in den Schatten der Sporthalle getreten war. Dennis starrte gedankenverloren in die Ferne, anscheinend bemerkte er mich nicht. Er zog genussvoll an seiner Zigarette, die in dem schummrigen Licht kurz aufglomm. Schließlich gewöhnten sich meine Augen an das Licht. Gerade wollte ich mich bemerkbar machen, da sagte er unvermittelt: „Was willst du?“ Seine Stimme war rau und in seinem Mund erkannte man das stumpfe gelbe Leuchten, das die Zähne eines Rauchers annehmen. Überrascht stotterte ich: „I-Ich will nur etwas abgeben.“ Mit diesen Worten reichte ich ihm die Schachtel. Jetzt drehte er sich zu mir um. Sofort griff er nach der Schachtel und nahm sie mir aus der Hand. Langsam öffnete er sie und einen Moment lang glaubte ich, eine leichte Vorfreude oder etwas Ähnliches in seinem Gesicht zu erkennen. Leider konnte ich nicht erkennen, was sich in der Schachtel befand, da er sie so hielt, dass ich nur einen fahlen, weißen Schimmer sah, der aus dem Inneren der Schachtel drang. Nach einigen Sekunden tiefster Versunkenheit blickte er plötzlich auf. „Du bist ja immer noch hier. Verschwinde!“ Schleunigst suchte ich das Weite. Mit solchen Leuten diskutierte man nicht.

X

Vor der nächsten Stunde traf ich mich mit André. Auch er hatte seine Schachtel erfolgreich abgeliefert, bei einer ähnlich rabiaten Reaktion. Wir beschlossen, uns nicht weiter darum zu kümmern, doch insgeheim fragte ich mich immer noch, was sich in den geheimnisvollen Schachteln befand.

X

So verstrich eine Woche ohne besondere Ereignisse. An diesem Montag waren wir erneut vor Beginn des Unterrichts in der Cafeteria. Dieses Mal saß Kaskada bereits an einem der Tische. Neben ihr saß ein anderer Junge. Er war klein und schmächtig, ich schätzte ihn höchstens zwölf oder dreizehn Jahre alt. Auf seiner Nase saß eine klobige Brille mit runden, zentimeterdicken Gläsern. Er wirkte nervös und verängstigt, bei genauerem Hinsehen erkannte man sogar kleine Schweißperlen unter dem Ansatz seiner säuberlich gekämmten schwarzen Haare. André und ich setzten uns auf einen Wink Kaskadas zu den Beiden an den Tisch. „Guten Morgen." begrüßte uns Kaskada kühl. Wir erwiderten die Begrüßung. André berichtete knapp, dass wir alle Schachteln ordnungsgemäß abgeliefert hätten. „Was war eigentlich in den Schachteln?" fragte er am Ende seines Berichtes. Seltsamerweise ignorierte Kaskada diese Frage völlig: „Das habt ihr gut gemacht." sagte sie, „Hier, jeder von euch bekommt einen." Mit diesen Worten legte sie zwei O.I.M auf den Tisch. Ich hatte die letzten fünf in eine silberne Zigarettenschachtel gesteckt, die ich seitdem immer bei mir trug. Ich zog sie aus der Tasche und steckte auch diesen Schein hinein. Dann wartete ich darauf, dass Kaskada etwas sagte. Verstohlen blickte ich zu dem Jungen hinüber, der unverändert auf seinem Stuhl saß. Kaskada schien dies bemerkt zu haben. „Dies ist Spy-Omega. Er wird dich von nun an bei deinen Aufträgen unterstützen." sagte sie. „Und du, Spy-Fly wirst befördert. Die Ratssitzung hat beschlossen, dich in einen höheren Rang einzustufen. Diese Worte drangen auf mich ein wie Hiebe einer Axt. Mir war völlig egal was eine Ratssitzung war, ich spürte nur abgrundtiefe Trauer. Ich sank in mich zusammen. Nun waren wir gerade zwei Wochen wieder zusammen und schon riss man uns wieder auseinander. Dann schlug die Trauer um in Wut. Wut auf mich, Wut auf Kaskada und Wut auf die Organisation. Wie durch dichten Nebel sah und hörte ich Kaskada sagen: „Ihr beide werdet demnächst als Kuriere eingesetzt." Ich versuchte meine Gefühle zu unterdrücken und suchte nach einem Hoffnungsschimmer, doch in meinem Inneren gab es nicht einmal mehr einen Funken Hoffnung. Ich riss mich zusammen und konzentrierte mich auf die Realität. „...müsst ihr die Sender an bestimmten Personen anbringen, das heißt, an Dingen, die sie immer bei sich tragen." Ich horchte auf. Ich wollte nichts verpassen, schließlich gab es immer noch die Möglichkeit, selbst befördert zu werden. Ich war ein verdammter Narr, dass ich mir einredete, André würde von nun an nie mehr ein Wort mit mir reden. Wahrscheinlich würde sich überhaupt nichts verändern, warum auch? Jetzt war ich wieder voll da. Doch tief in meinem Innern nagte immer noch eine fürchterliche Angst vor der Zukunft. „In dieser Kiste befinden sich die Sender. An jedem hängt ein Zettel. Ihr werdet diese Sender an Dingen befestigen, die die betreffenden Personen immer bei sich tragen. Spy-Omega wird dir dabei nützliche Dienste erweisen." fuhr Kaskada fort. „Er ist Taschendieb." Spy-Omega grinste verstohlen. Dieser Junge war mir nicht ganz geheuer, erst recht nicht als Partner. Kaskada verabschiedete sich: „Auf Wiedersehen. Spy-Fly, du kommst mit mir." André und Kaskada standen auf und verließen die Cafeteria. Ich blieb sitzen und starrte Spy-Omega an, der immer noch wie blöde grinste.

X

Wir stellten uns gegenseitig vor und ich erklärte ihm, was ich über die Organisation wusste. Hinterher kam er mir nur noch fremder vor. Seine Hobbys waren Lesen und Computerspielen, was ich eigentlich schon an seiner Statur hätte erkennen können. Taktgefühl schien auch nicht gerade seine Stärke zu sein, denn er sprach mich während des Gesprächs mindestens drei Mal darauf an, ob ich traurig darüber sei, dass André versetzt worden war. Er riss andauernd die schlechtesten Witze und meckerte hinterher, was ich als missglücktes Lachen identifizierte. Die Arbeit allerdings war schnell aufgeteilt: Er würde die Sender programmieren und ich sie an Ort und Stelle platzieren. Ich wunderte mich darüber, dass ausgerechnet er diese Arbeitsteilung vorschlug, angeblich war er doch der geniale Taschendieb. Es war mir aber gleich, deshalb sagte ich nichts. Jedenfalls hatte ich nach nur fünfzehn Minuten für etliche Jahre von Spy-Omega die Nase gestrichen voll.

X

Ich floh so schnell es ging aus der Cafeteria. Den Karton hatte ich mir unter den Arm geklemmt. Jetzt, draußen auf dem Schulhof, öffnete ich ihn. Etwa zwanzig silberne Plättchen von der Größe eines Daumennagels lagen darin, jeder fein säuberlich mit einem Zettel versehen, auf dem ein Name und eine Klasse standen. Ich zählte 17 Schüler und drei Lehrer. Alle, bis auf zwei der Schüler, kannte ich. Allerdings würde es mit ihrem Namen und ihrer Klasse nicht sonderlich schwierig werden auch sie zu finden. Plötzlich fragte ich mich, wie das überhaupt funktionieren konnte. Wie wollte Spy-Omega alle Sender einstellen, wenn ich sie hier in meiner Hand hielt? Na ja, er sollte schon wissen, was er tat, an mir konnte jedenfalls nichts hängenbleiben. Mir blieben noch etwa 10 Minuten Zeit bis zum Beginn des Unterrichts. Ich ging in den Klassenraum und setzte mich, etwa ein Viertel der Schüler war schon da und stand oder saß schwatzend in der Gegend herum. Vorsichtshalber leerte ich den Inhalt des Kartons in eine Seitentasche meiner Schultasche. Ich besah mir unauffällig eines der Etiketten: Ole Mertens. Das würde einfach werden. Ole trug immer, wirklich immer eine blaue Armbanduhr am Handgelenk. Allerdings musste er sie beim Sportunterricht ablegen. Es sollte also nicht allzu schwer werden, die Uhr mit einem Sender zu präparieren. So vor mich hin grübelnd saß ich auf meinem Platz, bis André erschien, allerdings genau zum Unterrichtsbeginn und mit unserem Deutschlehrer, sodass ich keine Gelegenheit hatte, mit ihm zu sprechen.

X

In der Pause schnappte ich mir die beiden Mikrochips, die mit den Namen versehen waren, die ich nicht kannte. Bernd Kwakow, 6a und Thomas Geidner, 7c. zuerst erkundigte ich mich bei einem Bekannten aus der siebten Klasse nach Thomas Geidner. Innerhalb von fünf Minuten besaß ich eine komplette Beschreibung des Jungen inklusive seiner bevorzugten Aufenthaltsorte, darunter die Cafeteria. Das lief ja besser als gedacht. So machte ich mich auf zur Cafeteria. Ich betrat den Raum, der wegen der sommerlichen Temperaturen, die draußen herrschten, ein wenig abgedunkelt war. Nachdem sich meine Augen an das schummrige Licht gewöhnt hatten, hielt ich nach einer Person Ausschau, auf die die Beschreibung, die ich erhalten hatte, passte. Ich hatte Glück. In der hinteren Ecke des Raumes saß er und unterhielt sich scheinbar angeregt mit zwei anderen Jungen seines Alters. Ich setzte mich an einen freien Tisch in einiger Entfernung und musterte Thomas: Durchschnittsgröße, etwa 1,60, blonde Haare, blaue Augen, nicht besonders muskulös. Genau wie mein Informant ihn beschrieben hatte. Um seinen Hals hing eine Kette mit einem Medaillon daran. Perfekt. Plötzlich bemerkte ich zwei schwarz gekleidete Personen mit verspiegelten Sonnenbrillen, die sich dem Tisch näherten. Es waren Alpha- und Beta-X. Alpha setzte sich wie selbstverständlich an den Tisch der drei Jungen. Beta blieb hinter ihm stehen. Sofort unterbrachen die drei ihr Gespräch, worüber auch immer sie gerade geredet hatten. Dann sagte Alpha-X etwas, leider konnte ich aufgrund des allgegenwärtigen Geräuschpegels nichts verstehen. Thomas schien allerdings mit dem, was Alpha-X sagte, gar nicht einverstanden zu sein. Auch er sagte jetzt etwas, lauter und mit einem trotzigen Ausdruck auf dem Gesicht. Dieses Mal konnte ich einige Satzfetzen auffangen: „...nicht akzeptieren...", „...gemeine Arschlöcher...", „...Unverschämtheit..." Vor meinem inneren Auge blitzte eine Szene auf: Julius, zornig etwas rufend, vor Alpha-X... Plötzlich stand Alpha-X auf. Ohne ein weiteres Wort drehte er sich um und ging davon, zum Ausgang der Cafeteria. Beta-X zog, ebenfalls schon halb im Gehen, noch etwas aus der Tasche. Alarmiert sprangen die drei Jungen auf, doch Beta-X warf den Gegenstand ungerührt und mit einem spöttischen Lächeln auf den Lippen auf den runden Holztisch. Dann verließ auch sie die Cafeteria. Ich stand auf und ging so unauffällig wie möglich am Tisch der drei Jungen vorbei, die fassungslos auf etwas starrten, das vor ihnen auf dem Tisch lag, allem Anschein nach das, was Beta-X ihnen zugeworfen hatte. Es war eine Galgenschlinge aus Stacheldraht.

X

Ich verließ die Cafeteria. Ich hatte bereits einen Plan, wie ich an Thomas Kette gelangen konnte. Es war zwar riskant, aber nicht unmöglich, außerdem fiel mir nichts Besseres ein. Vorsichtshalber setzte ich meine Sonnenbrille auf und zog die Kapuze meines Sweatshirts tief ins Gesicht. Dann postierte ich mich neben dem Eingang zur Cafeteria und wartete auf Thomas. Nach fünf Minuten erschien er, flankiert von seinen Begleitern. Ich wartete, bis sie an mir vorbeigegangen waren, dann griff ich blitzschnell nach der Kette und riss daran. Thomas wurde durch die Wucht und die Plötzlichkeit völlig überrascht, er taumelte nach hinten, während ich bereits die zerrissene Kette in Händen hielt. So schnell ich konnte, rannte ich davon, allerdings mit einem Blick über die Schulter. Ich sah noch, wie Thomas seinen beiden Freunden etwas zurief und zusammen mit ihnen die Verfolgung aufnahm. Darauf hatte ich gehofft. Im Laufen öffnete ich das Medaillon. Ich heftete den Sender an die Rückseite des Bildes und steckte es wieder hinein. Dann verschloss ich das Medaillon wieder. Langsamer werdend, warf ich erneut einen Blick zurück über die Schulter. Als ich niemanden entdeckte, weder Thomas noch einen seiner Freunde, wurde ich noch langsamer und blieb schließlich stehen. Verflixt. Ich hatte damit gerechnet, dass Thomas oder zumindest einer seiner Freunde auf Sichtdistanz bleiben würde. Ich überlegte, wie ich jetzt weiter verfahren sollte, als ich plötzlich und viel zu spät bemerkte, das einer von Thomas Freunden in nur fünf Metern Entfernung aus der Menge gesprungen war und nun direkt auf mich zu rannte. Hektisch versuchte ich, nach links auszuweichen, doch dort stand Thomas selbst. Der dritte Ausweg war von einer Gruppe Schüler versperrt und in der vierten Schneise erschien jetzt Thomas anderer Freund. Ich war dumm wie ein Kaninchen in die Falle getappt. Fieberhaft suchte ich nach einem Ausweg, während der eine 7er immer noch auf mich zu hechtete. Ich konnte ihm einfach entgegenlaufen und ihn mit einem Schlag niederstrecken, doch dann wären sofort die anderen Schüler auf mich aufmerksam geworden. Da kam mir die rettende Idee. Ich wandte mich zu Thomas um und schleuderte ihm mit aller Kraft das Medaillon entgegen. Ich wartete nicht, bis es sein Ziel erreicht hatte, sondern rannte ihm sofort hinterher. Kurz sah ich noch in das verdutzte Gesicht von Thomas, bevor ich einen Haken um ihn herum schlug und ihm von hinten die Beine wegzog. Seine Freunde wussten nicht, ob sie mich verfolgen oder sich lieber um Thomas kümmern sollten, der ächzend am Boden lag. Ihr zögern gab mir genug Zeit, in der Menge zu verschwinden.

X

Nach 200 Metern Sprint blieb ich erschöpft stehen. Niemand nahm Notiz von mir, alle Schüler um mich herum gingen ungerührt ihren Beschäftigungen nach, Lesen, sich unterhalten oder in der Sonne sitzen. Anscheinend hatte niemand etwas bemerkt, beziehungsweise es für nötig gehalten, mich zu verfolgen. Ich nahm die Sonnenbrille ab und entledigte mich meines Sweatshirts, für den Fall, dass Thomas und seine Freunde mich noch immer suchten. Dann besah ich mir den zweiten Zettel. Die Pause dauerte noch etwa zehn Minuten, ich hatte also noch genug Zeit, mich auch noch mit ihm zu befassen. Bernd Kwakow, Stufe 10. Mir fiel ein ehemaliges Mitglied der „Heats“ ein, das Mädchen war in der zehnten Klasse gewesen. Sie war eine der wenigen, die sich noch nicht der Organisation angeschlossen hatte, soweit ich informiert war. Das sollte mir allerdings keine Probleme bereiten. Ich suchte also Emily auf und fragte sie nach Bernd Kwakow. Ich fand sie zusammen mit drei anderen Mädchen aus ihrem Jahrgang auf einer Bank sitzend. Die vier unterhielten sich scheinbar gut, lachten und sahen alles in allem recht unbefangen aus. Als ich näherkam betrachteten sie mich neugierig, Emily stand auf. „Hi Benjamin, wie geht’s dir?“ – „Danke, gut.“ Emily war hübsch, sie war normalgroß, zierlich gebaut und hatte ein fröhliches Gesicht mit braunen Augen, das von langen braunen Haaren eingerahmt wurde. Sie war ein Jahr älter als ich, ich überragte sie trotzdem um einige Zentimeter. Sie war nie besonders aufgefallen, war anscheinend aber auch keine „Ausgestoßene". „Bernd Kwakow ist doch bei dir in der Stufe, oder?" begann ich. Sie bestätigte dies. „Ich bräuchte da ein paar Informationen..." Plötzlich fiel alle Offenheit von Emilys Zügen ab. Sie griff nach meinem Arm und zog mich ein Stück von der Bank weg, auf der ihre Freundinnen saßen, die neugierig in unsere Richtung blickten. „Zu welchem Lager gehörst du, Snake oder Organisation?" fragte sie mich ernst. Verwirrt sah ich sie an. „Warum?" – „Beantworte mir meine Frage!" Mehr oder weniger gab ich ihr die Antwort. „Warum willst du das wissen?" – „Kwakow ist doch der Anführer von dieser Snake-Gang, oder?" Irritiert antwortete ich wahrheitsgemäß, dass ich davon nichts wusste. „Sarah", sie deutete auf eines der Mädchen auf der Bank, eine schüchterne, kleine Blondine, „ist vor kurzem von so einem Typen bedroht worden." Geduldig hörte ich mir an, was sie zu sagen hatte. „Der hat gedroht, sie zusammenzuschlagen, wenn sie nicht tut, was er sagt." – „Und was hat er gesagt?" – „Sie sollte ihm Informationen über einen gewissen Bernd Kwakow verschaffen." Aha, daher wehte also der Wind. „Ich habe nicht die Absicht, dir in irgendeiner Weise zu drohen. Ich brauch einfach nur ein paar Infos, dass ist alles." versicherte ich. „Das glaub ich dir ja. Aber was willst du mit den Infos?" – „Das darf ich dir leider nicht verraten, weil..." - „Natürlich, das war mir klar!" fuhr sie mir über den Mund. „Bitte Emily. Du wirst überhaupt keine Probleme bekommen, das verspreche ich dir." – „Das glaube ich dir ja, aber woher weiß ich, dass du nichts anstellst, was ich überhaupt nicht beabsichtigt habe?" – „Tu mir bitte den Gefallen, ja?" Resigniert lenkte Emily ein. „Okay, aber versprich mir, dass nichts geschieht, weswegen ich mir Vorwürfe machen müsste." Sie lieferte mir eine exakte Personenbeschreibung, sowie Adresse Telefonnummer und noch ein paar andere Informationen. Außerdem sagte sie mir, dass Bernd heute in die

Cafeteria gegangen war. Ich verabschiedete mich und ging, zum zweiten Mal an diesem Tag, in die Cafeteria.

X

Als ich die Cafeteria betrat, lief es mir sofort eiskalt den Rücken herunter. Mindestens zwanzig Personen in schwarzer Kleidung mit Sonnenbrillen und einer Kette mit einem silbern glänzenden Drachen daran um den Hals saßen an den Tischen oder standen an der Theke. Komischerweise stand vor jedem ein bis zur Hälfte gefülltes Wasserglas. Jetzt fiel mir auf, dass die Schwarzgekleideten einen Tisch in der Mitte des Saales eingekreist hatten. An diesem Tisch saß Alpha-X, hinter ihm stand Beta. Ihnen gegenüber saß ein kleiner, unscheinbarer Junge. Ich erkannte ihn sofort. Es war Bernd Kwakow. Ich schlenderte zur Theke, wobei ich betont die Brust vorstreckte, auf der ebenfalls ein silberner Drache zu sehen war. Die Bedienung hinter dem Tresen, eine ältere Frau mit einem hochgesteckten, grauen Haarzopf war offensichtlich verunsichert, angesichts der vielen Mitglieder der Organisation. Ich bestellte ein Mineralwasser. Dann drehte ich mich zur Mitte des Raumes um und betrachtete das Schauspiel, das sich mir bot. Bei genauerem Hinsehen fielen gleich mehrere Dinge auf: Ich bemerkte, das ich mich getäuscht hatte und nur etwa die Hälfte der Anwesenden das Symbol der Organisation trugen. Die Andere Hälfte trug eine golden glänzende Schlange um den Hals. Außerdem erkannte ich, das Alpha-X in einem Ohr einen Kopfhörer trug. Alpha und Kwakow unterhielten sich. Ihre Unterhaltung schien immer aggressiver zu werden, Kwakow gestikulierte wütend und Alpha-X Mine wurde mit jedem Wort, das sein Gegenüber von sich gab, finsterer. Plötzlich ging ein Ruck durch die Reihen der Anwesenden. Ich vermutete, dass es eine Reaktion auf die letzten Worte Kwakows war, die er fast gerufen hatte. Da zog sich ein Grinsen über Kwakows Gesicht, hinterhältig und linkisch. Alpha-X aber blickte ihn ungerührt an bis Kwakow aufstand und zusammen mit etwa zehn der Schwarzgekleideten, auffälliger Weise die mit den Schlangensymbolen um den Hals, die Cafeteria verließ. Alpha-X und sein Gefolge blieben eine Weile reglos sitzen, dann verließen auch sie, zusammen mit sieben der Verbliebenen den Saal. Die Übrigen verzogen sich an einen Tisch in einer der hinteren Ecken. Ich wollte Bernd Kwakow folgen. Deshalb warf ich ein Zwanzig-Cent-Stück auf den Tresen und wandte mich zum Gehen, da wurde ich plötzlich am Arm festgehalten. Ich drehte mich um und sah in das Gesicht eines schwarz gekleideten Jungen mit einer Sonnenbrille auf der Nase. Schon wollte ich mich schnell abwenden, da erkannte ich, dass es André war. Verwirrt sah ich ihn an. Er bedeutete mir, ihm an einen der Tische zu folgen. Nachdem wir uns gesetzt hatten, beugte er sich zu mir herüber und sprach mit gesenkter Stimme: „Hi. Was machst du hier?" Ich erklärte ihm so kurz wie möglich, warum ich dort war. Dann erklärte er mir: „Der Junge, der Alpha gegenüber gesessen hat, ist der Führer einer Vereinigung, ähnlich der Unsrigen, nur, dass sie versuchen, uns fertig zu machen und alles unter ihre Kontrolle zu bringen. Die wollen alles lassen wie bisher, aber die ganze Kohle soll in ihre Tasche fließen. Sie heißt Snake. Unsere Spione trafen vor ein paar Tagen auf einige ihrer Agenten und dieses Zusammentreffen war nicht gerade von Übereinstimmungen geprägt. Bernd Kwakow scheint ihr Anführer zu sein. Was du gerade gesehen hast, waren Verhandlungen zwischen den Anführern der Organisation und Snake. „Alpha-X ist der Anführer der Organisation?" fragte ich ungläubig. Irgendwie konnte ich mir diesen, zwar berechnende und bestimmt auch nicht dummen, aber doch immer verhaltenen Jungen, der immer in irgendjemandes Auftrag zu handeln schien, nicht als Machthaber über so viele Schüler vorstellen. „Wohl eher nicht. Ich weiß es nicht, aber hast du den Kopfhörer in seinem linken Ohr gesehen?" Ich bejahte. „Ich vermute, dass er darüber Anweisungen von jemandem erhält."-„Und wieso vermutet ihr nicht, dass es bei Kwakow genauso ist?" warf ich ein. „Wir haben ihn mit einem Metalldetektor geprüft. Das einzige, was er dabei hat, ist ein Messer, am Gürtel. Entweder er handelt nach einem vorgegebenem Muster, was bei so komplexen Verhandlungen unwahrscheinlich ist, oder er ist wirklich der Boss." André machte eine kleine Pause. „Was deinen Auftrag betrifft..." sagte er dann. „Befasse dich besser erst einmal mit den anderen Zielpersonen!" Da trat ein Mädchen hinter ihm an den Tisch. Er gab ihr einen kurzen Wink, dann sagte er zu mir: „So, ich muss jetzt gehen. Mach s gut." Damit stand er auf und kehrte zusammen mit dem Mädchen zu den anderen Organisationsmitgliedern zurück. Benommen stand ich auf und verließ die Cafeteria.

X

Am nächsten Morgen begann der Unterricht mit Sport. Ich beschloss, die Gunst der Stunde zu nutzen und Ole Mertens einen Sender unterzujubeln. Ich trödelte einfach ein bisschen beim Umziehen. Als alle anderen die Umkleide verlassen hatten, zog ich den Mikrochip aus der Tasche und nahm Oles Uhr aus seiner Schultasche. Mit einem Schraubenzieher öffnete ich das Batteriefach entfernte die Batterien und befestigte den Chip an der hinteren Platte des Batteriefachs. Dann legte ich die Uhr, nachdem ich die Batterien wieder korrekt befestigt hatte, zurück in Oles Tasche. Einfacher ging es nicht.

X

Etwa so brachte ich an diesem Tag fünf weitere Sender an. Ich wunderte mich, dass Spy-Omega nicht auftauchte, aber eigentlich war es mir ganz recht. So konnte ich den Nachmittag entspannt zuhause verbringen.

X

Auch der nächst Tag verlief ohne besondere Vorkommnisse. Wieder bereitete es mir keine Probleme, die Sender anzubringen. So blieben am Ende des Tages nur noch vier Sender übrig.

X

Dann, am vierten Tag nachdem ich den Auftrag erhalten hatte, geschah es: Es war Pause und ich ging gerade zügig über den Schulhof, um meine nächste Zielperson aufzusuchen. Plötzlich nahm ich aus den Augenwinkeln eine flüchtige Bewegung wahr. Ich schaute genauer hin und erkannte zwei schwarzgekleidete Personen, breitschultrig, groß, mit muskelbepackten Armen. Beide hatten die Kapuzen ihrer Sweatshirts tief ins Gesicht gezogen, sodass man auch von vorn ihr Gesicht wahrscheinlich nicht erkennen konnte. Sie hatten es offensichtlich auf Jemanden abgesehen, der direkt vor ihnen stand. Allerdings konnte ich nicht erkennen, um wen es sich bei dieser Person handelte, da sie von den beiden Kerlen vollständig verdeckt wurde. Ich umrundete in einigem Abstand das Grüppchen, so, dass es nicht weiter auffiel. Jetzt erkannte ich auch den Jungen, der dort vor den zwei Gorillas stand. Als ich mich vorsichtig weiter näherte, sah ich, dass er das Symbol der „Snake“ um den Hals trug, die golden glänzende Schlange. Julius war also zur Konkurrenz gegangen. Mir war das egal, man konnte es ihm nach seiner ersten Bekanntschaft mit der Organisation nicht verübeln, doch die Organisationsmitglieder, die vor ihm standen waren aller Wahrscheinlichkeit nach anderer Meinung als ich. Schockiert sah ich zu, wie Julius auf den Boden geworfen und gnadenlos mit Fußtritten bearbeitet wurde. Erst wollte ich hinzulaufen, doch halb im Laufen wurde mir meine Dummheit bewusst. Ich hätte nur selbst Prügel bezogen, von meiner Stellung innerhalb der Organisation, die mir zwar momentan völlig egal war, ganz zu schweigen. Da kam mir die rettende Idee. Während die zwei Schläger ihr Werk ungerührt fortsetzten, wobei sie von allen umstehenden Schülern einfach ignoriert wurden, lief ich davon, nach einem der Lehrer Ausschau haltend, die während der Pausen den Schulhof überwachten. Schnell hatte ich einen gefunden und war bei ihm. Ich schilderte ihm kurz die Situation. Sofort machte er sich auf den Weg, so in Rage darüber, dass man sich auf „seinem“ Schulhof, quasi auf seinem Hoheitsgebiet prügelte, dass er nicht bemerkte, wie ich mich aus dem Staub machte, nur, um in Betrachtungsnähe der Szene zu bleiben. Immer noch traten die beiden Gorillas auf Julius ein, doch da nahte auch schon das Auge des Gesetzes in Form des von mir herbeigerufenen Lehrkörpers. Dieser war gerade im Begriff, seine strengste Mine aufzusetzen, als er in Sichtweite des Geschehens kam. Plötzlich blieb er abrupt stehen. Dann sah er sich vorsichtig um. Nachdem er anscheinend die Gewissheit erlangt hatte, dass ihn niemand beobachtete, ging er, als wäre nichts geschehen, Unschuld heuchelnd davon. Entgeistert sah ich ihm nach. So hatte ich mir meine verdeckte Rettungsaktion nicht vorgestellt. In diesem Moment ließen die zwei Kerle von Julius ab. Sie verschwanden in der Menge und waren nach wenigen Metern nicht mehr zwischen den anderen Schülern auszumachen. Ich rannte zu Julius, der hasserfüllt auf einen Gegenstand starrte, den ihm einer der Schläger zugeworfen hatte: Eine Galgenschlinge aus Stacheldraht. Besorgt fragte ich ihn, ob alles in Ordnung sei, doch ich erntete nur unbeteiligtes Schweigen. Erneut fragte ich, ob es ihm gut gehe oder ob ich einen Arzt holen solle. Er blickte mich feindselig an. „Haben sie dich auch „überredet"?"fragte er spitz dann stand er ohne ein weiteres Wort auf und ging humpelnd davon.

X

Dieser Vorfall schockierte mich zutiefst. Einige Minuten blieb ich reglos stehen. Es kam öfter vor, dass Schüler sich untereinander prügelten, aber die eiskalte Systematik, mit der die zwei Schläger Julius niedergestreckt hatten, und die Tatsache, dass sich ein Lehrer davongemacht hatte, als er die drei sah, entsetzten mich. Und die beiden konnten nur von der Organisation stammen. Wie sollte mit solchen Mitteln Frieden einkehren? Was, wenn sich meine Befürchtungen bewahrheiten und die Führer der Organisation etwas ganz anderes vorhatten, als Ordnung zu schaffen? Bereits jetzt besaßen sie eine Menge Macht, wenn auch noch nicht die absolute. Ich erinnerte mich an den Vorfall, von dem mir Emily erzählt hatte: Ein Mädchen, das in Kwakows Klasse ging, war bedroht worden, damit sie Informationen über ihn lieferte. Auch das musste ein Mitglied der Organisation getan haben. Ich hatte es zuerst als harmlos abgetan, denn Bedrohung und Ausführung waren zweierlei, doch jetzt zweifelte ich nicht mehr so sehr daran, dass auch die Organisation mit mehr oder weniger unlauteren Mitteln kämpfte. Darüberhinaus schienen Organisationen wie Snake längst auch ihre Verbündeten unter den Lehrern gefunden zu haben. Der Lehrer, den ich vorhin hatte zur Hilfe rufen wollen, galt zwar als einer derjenigen, die keinen sonderlich starken Charakter hatten, aber es war wahrscheinlich nur eine Frage der Zeit, bis auch andere Lehrer nicht mehr ganz das taten, wofür sie bezahlt wurden. Ich machte mich auf den Weg zu meinem Klassenraum, da die Pause bereits vorüber war. Immer noch fassungslos erzählte ich André, was ich beobachtet hatte.

X

André war nicht besonders überrascht. „Mit Mitgliedern von Snake machen wir kurzen Prozess. Die Schweine haben gestern einen unserer Agenten vermöbelt, ohne, dass dieser ihnen etwas getan hat.“ rechtfertigte er das Vorgehen der Organisation. „Julius hat es nicht anders verdient. Er ist selber schuld, wenn er sich denen anschließt.“ Ich wollte gerade etwas erwidern, da betrat unser Lehrer den Klassenraum.

X

Der Vorfall ließ mich nicht los. Nachts hatte ich Alpträume von schwarz gekleideten Schlägern, die sich gegenseitig halbtot schlugen. Am nächsten Tag wachte ich zermürbt auf. Lustlos ging ich nach einem hastig hinuntergeschlungenen Frühstück zur Schule. Ich sollte allerdings nie dort ankommen…

X

Auf meinem Schulweg musste ich jeden Morgen durch einen Park, der um diese frühe Stunde (etwa 7.30) noch gänzlich verlassen war. Den Blick zu Boden auf das graue Pflaster gerichtet, trottete ich den Weg entlang. Plötzlich sprangen zwei mit Strumpfmasken Maskierte aus dem Gebüsch neben dem Weg und versperrten mir denselben. Bevor ich überhaupt reagieren konnte, hatten sie mich bereits an den Armen gepackt und verdrehten sie so brutal, dass es knirschte. Ich wurde auf den Boden gedrückt, einer der beiden Maskierten versetzte mir einen Tritt gegen die Brust, sodass mir die Luft aus den Lungen gepresst wurde. Die Bilder vor meinen Augen verschwammen, mein Körper schien zu explodieren vor Schmerz. Dann bekam ich einen Schlag gegen den Hinterkopf. Einer Ohnmacht nahe sah ich vor mir einen der beiden Maskierten stehen. Eine scharfe, klare Stimme übertönte das Brummen in meinem Kopf. Es war eine Stimme, die ich nur zu gut kannte. „Lass dir dass eine Lehre sein, du Nichtsnutz!“ rief Julius. Das Ende des Satzes ging in einem hämischen, irren Gelächter unter. Dann sank ich endgültig ins tiefe farblose Nichts.

X

Als ich langsam wieder erwachte, tobte in meiner Brust ein höllischer Schmerz. Jede noch so kleine Bewegung brachte meinen Kopf fast zum Bersten. Vorsichtig, doch unter Höllenqualen, rollte ich mich seitwärts vom gepflasterten Weg auf die angrenzende Rasenfläche. Der letzte Gedanke, der mir vor einem erneuten Wegdämmern kam, war absurderweise, ob Julius nun befördert würde.

X

Als ich zum zweiten Mal erwachte, ließ ich zuerst die Augen geschlossen. Die Schmerzen waren nun nicht mehr so stark, aber immer noch war es unmöglich, sie zu ignorieren. Plötzlich wurde mir bewusst, dass ich auf dem weichen Stoff einer Matratze lag. Langsam und zaghaft öffnete ich die Augen und wurde von einem strahlenden Weiß geblendet. Überall um mich herum war grelles, steril wirkendes, weißes Licht. Langsam gewöhnten sich meine Augen an die Helligkeit. Ich versuchte, mich aufzusetzen, ließ es dann aber lieber bleiben, da es fürchterliche Schmerzen im Brustkorb verursachte. Vorsichtig drehte ich den Kopf nach links, darauf bedacht, mich so wenig wie möglich zu bewegen. Neben mir stand ein kleines Schränkchen mit einer Blumenvase darauf. Dahinter war ein großer Kleiderschrank vor einer weiß verputzten Wand zu sehen. Dann wandte ich meinen Kopf nach rechts... und blickte in die besorgten Gesichter meiner Eltern. Ich erschrak und zuckte zurück, was mein Körper prompt mit einem stechenden Schmerz im Brustkorb beantwortete. Mit schmerzverzerrtem Gesicht ließ ich mich wieder in die Kissen sinken. In meinem Blickfeld erschien das Gesicht einer Frau; ihr Gesicht war von tiefen Sorgenfalten durchzogen und ihre dunkelblonden Haare waren hinter dem Kopf zusammengesteckt. „Wo tut es denn weh?" fragte sie routiniert, als stellte sie diese Frage mindestens zehn Mal am Tag. Tat sie wahrscheinlich auch. Ich deutete mit einer Hand auf eine Stelle rechts neben meinem Brustbein, von wo der Schmerz gekommen zu sein schien. Geübt tastete die Frau meinen Brustkorb ab, was bei mir nur noch mehr Schmerzen hervorrief. Mit aller Kraft versuchte ich, den Schmerz zu ignorieren und an etwas anderes zu denken. Ich rekapitulierte meine gegenwärtige Lage: Ich war also im Krankenhaus gelandet; wie, wusste ich nicht. Da riss mich ein noch heftigerer Schmerz als zuvor aus meinen Überlegungen. „Tut es hier weh?" fragte die Frau, aller Wahrscheinlichkeit nach eine Ärztin. Was sollte diese Frage, sie wusste doch sicher ganz genau, dass es mir dort weh tat. Ich nickte, aus Angst, sie könnte weiterdrücken, wenn ich verneinte. „Ich werde den Doktor holen." sagte sie. Also doch keine Ärztin. „Das scheint mir ein sehr komplizierter Bruch der siebten oder achten Rippe zu sein." Woher wollte sie das wissen, sie war doch anscheinend keine Ärztin. Die Frau verschwand aus meinem Blickfeld, kurz danach hörte ich eine Tür ins Schloss fallen. Jetzt beugten sich meine Eltern über mich. „Was ist passiert, Benjamin?“ fragte mein Vater. Auf einmal war ich schrecklich müde. Ich murmelte ein „Weiß nich'.“. dann schloss ich meine Augen und dämmerte hinüber in einen traumlosen Schlaf.

X

Als ich erneut erwachte, war es still, bis auf ein monotones Schnarchen, das aus dem Bett kam, das ebenfalls im Zimmer stand. Immer noch schmerzte mein Brustkorb. Da hörte ich, wie jemand die Tür öffnete. Dann Schritte. Vorsichtig drehte ich meinen Kopf in Richtung Tür. Ich zuckte zurück. Vor meinem Bett stand, unverwechselbar, in schwarzer Kleidung und mit Sonnenbrille: Kaskada. Ängstlich versuchte ich, mich auf die andere Seite des Bettes zu drücken, ließ es allerdings schnell wieder bleiben, da es fürchterliche Schmerzen im Brustkorb verursachte. Ich überlegte, ob ich meinen Bettnachbar wecken sollte, oder irgendwelche anderen Widerstandsversuche unternehmen sollte, doch Kaskada schüttelte den Kopf, als hätte sie meine Gedanken gelesen. Deshalb beließ ich es dabei, soviel Abstand wie irgend möglich zwischen uns zu bringen. „Guten Tag, Spy-7“ sagte das Mädchen. Als ich nicht antwortete, wiederholte sie die Floskel, diesmal allerdings mit einem scharfen Unterton. Irritiert stotterte ich zurück: „Äh…Hi“ Nun sprach sie schnell, aber unverändert kalt: „Ich habe nicht viel Zeit; du musst mir ein paar Fragen beantworten: Erstens, wo sind die Sender? Zweitens, wer genau hat dich so zugerichtet? Drittens, weiß jemand davon, und, viertens, wenn ja, wer?“ Bereitwillig gab ich ihr, so gut ich konnte, Antwort. Daraufhin versank sie für einen Moment in tiefes Grübeln. Dann sagte sie: „Gut, hör mir jetzt genau zu! Du wirst deinen Eltern sowie dem Arzt erzählen, du seiest unglücklich gefallen. Außerdem wirst du sie bitten, die Mikrochips, die du dir „von einem Freund ausgeliehen“ hast, an André weiterzugeben. Und hier…“ Sie zog einen Gegenstand aus der Tasche, den ich als Touchhandy, ähnlich dem meinen erkannte. Es war meines, wie ich später entdecken sollte. „Spy-Omega wird dir jeden zweiten Tag Bericht erstatten.“ Erklärte sie. „Damit du nicht völlig aus aller Welt bist.“ Ich nickte, um mich wenigstens nonverbal an ihrem Monolog zu beteiligen. Kaskada legte das Handy auf das Tischchen neben meinem Bett; dann verabschiedete sie sich kurz und verließ den Raum. Ich blieb allein mit tausend Fragen im Kopf zurück.

X

Während der nächsten Tage führte ich nach und nach die Befehle aus, die Kaskada mir gegeben hatte. Meine Eltern waren jeden Tag da, sodass es kein großes Problem darstellte, sie um ein paar „Gefallen“ zu bitten. Der Arzt erklärte mir, eine meiner Rippen sei angebrochen. Ich hingegen hatte ihm erzählt, ich sei mit dem Brustkorb auf auf einen großen Stein gefallen, wie auch immer das zugegangen sei, hätte ich vergessen. Zum Glück fragte er nicht nach näheren Details. Ein Problem hatte ich allerdings: Spy-Omega machte keine Anstalten einen Bericht abzuliefern. Am vierten Tag nach meiner Einlieferung, durch einen Passanten, der mich glücklicherweise am Wegesrand gefunden hatte, klingelte das Handy. Schnell legte ich das Kreuzworträtsel an die Seite, mit dem ich mich gerade beschäftigte und zog die Schublade meines Nachtschrankes auf. Ich nahm das Handy heraus und berührte den Bildschirm. Schon erklang eine Stimme aus dem Lautsprecher:“Hi, Benjamin. Ich muss dir dringend etwas erzählen.“ Es war Andrés Stimme.

X

André erzählte mir alles, was seit meiner Einlieferung ins Krankenhaus geschehen war. Und das war eine ganze Menge. Zuerst war natürlich mein Verschwinden bemerkt worden. Kaskada hatte Nachforschungen anstellen lassen und war dann zu mir gekommen. Ebenso wie mir, war es fünf weiteren Organisations-Mitgliedern ergangen. Es stellte sich heraus, dass an jenem

Morgen eine groß angelegte Eliminierungsaktion stattgefunden hatte. Auf Versuche zur Kontaktaufnahme mit Snake hin, hatte sie die Unterhändler ebenfalls zusammenschlagen lassen. Darauf folgte eine allgemeine Mobilmachung von Seiten der Organisation. Jetzt standen sich beide Parteien praktisch mit erhobenen Fäusten gegenüber. Nur eine winzige Provokation würde ausreichen, um ein totales Chaos an der gesamten Schule auszulösen. Als André seinen Bericht beendet hatte, fragte ich ihn, warum Spy-Omega sich nicht gemeldet hatte. „Ich weiß es nicht.“ antwortete André. „Ich habe ihn in den letzten vier Tagen nicht mehr gesehen. In den letzten Tagen geht hier alles drunter und drüber. Wir bemühen uns nach Kräften Snake zu infiltrieren.“ In diesem Moment klopfte es an der Tür. Schnell verabschiedete ich mich von André. Er versprach mir noch, mich wieder anzurufen und legte auf.

X

Meine Eltern betraten das Zimmer. Den Rest des Tages verbrachte ich mit Mensch-ärgere-dich-nicht spielen und Zeitung lesen, die mir meine Eltern mitgebracht hatten. Allerdings konzentrierte ich mich überhaupt nicht auf die anstehenden Bürgermeisterwahlen, sondern dachte ununterbrochen über Andrés Bericht nach. Abends konnte ich nicht einschlafen und grübelte noch lange darüber nach.

X

Auch der nächste Tag brachte keine Änderung. Mir ging es zwar mittlerweile bedeutend besser, aber der Arzt meinte, es könne noch ein bis zwei Wochen dauern, bis der Bruch wieder verheilt sei. Außerdem bekam ich die üblichen Briefe, die eine Klasse unter Lehrerzwang an einen im Krankenhaus liegenden Mitschüler schreibt:

Lieber Benjamin,
Ich vermisse dich, ich wünsche dir, dass du bald wieder gesund bist.
Dein/e Sowieso

23 dieser Briefe, fein säuberlich in 23 schneeweiße Normbriefumschläge verpackt, legte mir die Krankenschwester auf meinen Tisch. Ich machte mir nicht die Mühe, sie alle zu lesen, weil ich sowieso wusste, was darin stand. Nur den Brief von André riss ich auf, doch ich wurde enttäuscht. Darin stand genau das gleiche wie in seinen 22 Zwillingsbrüdern. So ging auch dieser Tag zu Ende.

X

So verstrichen Minuten, Stunden, Tage, ohne, dass André sich meldete. Die Hoffnung auf eine Nachricht von Spy-Omega hatte ich längst aufgegeben. Ich durfte mich bereits wieder bewegen und unternahm kleine Spaziergänge durch den Garten des Krankenhauses, in dem hauptsächlich altersgebeugte Männer und Frauen auf Parkbänken saßen und miteinander tratschten. Einmal meinte ich, hinter einem Strauch eine schwarz gekleidete Person entdeckt zu haben, doch als ich näher kam, um mich zu vergewissern war niemand mehr zu sehen. Ich verfluchte mich selbst für diesen völlig grundlosen Anfall von Paranoia. Und wenn dort jemand gestanden hatte, er hatte es bestimmt nicht auf mich abgesehen.

X

Dann, am vierten Tag nach Andrés Anruf geschah etwas. Oder besser, bemerkte ich, dass etwas geschehen war. Ich las die Zeitung, die meine Eltern mir mitgebracht hatten. Als ich die zweite Seite aufschlug, starrte mich ein bekanntes Gesicht an. Es war das von Bernd Kwakow. Darüber stand in großen schwarzen Lettern:

TRAGISCHER UNFALL- SCHÜLER BEIM BADEN ERTRUNKEN

Hastig las ich den Artikel der unter dem Bild stand. Am gestrigen Nachmittag ereignete sich am Badenhofer See ein tragischer Unfall. Der 12-jährige Schüler Bernd Kwakow ertrank. Er verfing sich wahrscheinlich beim Tauchen in einem Algengewächs am Grund des Sees, wie die Polizei mitteilte. Nach Augenzeugenberichten soll sich Bernd unter Wasser heftig bewegt haben, was ein Auslöser oder auch eine Folge des Unglücks gewesen sein…

X

An dieser Stelle brach ich ab, Bernd Kwakow, der Anführer der Snake, war tot. Dies war wahrscheinlich nur ein dummer Zufall, im Badenhofer See waren in den letzten fünf Jahren drei Kinder ertrunken. Allerdings ging mir der Vorfall nicht mehr aus dem Kopf. Ich überlegte, was nun wohl mit den Snakes passieren würde. So lag ich wieder bis spät in die Nacht wach.

X

Am nächsten Tag nach der morgendlichen Visite klingelte das Touchhandy. Ich nahm den Anruf entgegen. „Hi Benjamin." Hörte ich Andrés Stimme. „Ich muss dir etwas erzählen."

X

Nun erzählte mir André genau das, was ich am vorherigen Tag in der Zeitung gelesen hatte. „Die meisten Mitglieder von Snake haben sich uns bereits angeschlossen. Außerdem haben wir jetzt auch die Kontrolle über ihr Material. Wenn das so weitergeht, haben wir in zwei Monaten die Kontrolle über die gesamte Schule." Dann schilderte er in allen Einzelheiten wie die Übernahme stattgefunden hatte. Danach plauderten wir noch so über dies und das: -„Wann kommst du raus?" –„Wie war die Mathearbeit?" usw. und so fort. Als das Gespräch vorbei war, entspannte ich mich zum ersten Mal seit meiner Einlieferung ins Krankenhaus. Ich würde in vier Tagen entlassen werden, musste mich nicht mit Snake herumschlagen und auch nicht mit Kaskada. Rundum zufrieden ließ ich mich zurück in die Kissen fallen.

X

Die darauffolgenden Tage verliefen ereignislos, sodass ich am vierten Tag, dem Tag vor meiner Entlassung, schon fast begann mich zu langweilen. Ich fragte mich, was André wohl gerade tat. Seit unserem Telefonat hatte er sich nicht wieder gemeldet. Ich machte mir kleine Sorgen, doch ein seltsames Gefühl der Beklommenheit überfiel mich, immer wenn ich an ihn dachte.

X

Am nächsten Tag wurde ich entlassen. Der zuständige Arzt kontrollierte mich zum letzten Mal. Er sagte das, was wahrscheinlich alle Ärzte am Ende einer Behandlung sagen: „Du musst dich noch etwas schonen.“ Dann verabschiedete ich mich von meinen Zimmergenossen und der Krankenschwester und fuhr mit meinen Eltern nach Hause. Dort angekommen, rief ich sofort bei André an. Andrés Mutter nahm ab und sagte mir, dass André zum Fußballtraining gegangen sei. Ich verbrachte den Rest des Tages damit, in gespannter Erwartung auf den morgigen Schultag, die Zeit totzuschlagen.

X

Am nächsten Morgen hatte ich es so eilig zur Schule zu kommen, dass ich bereits eine halbe Stunde vor Unterrichtsbeginn auf dem Schulhof stand. Ich beobachtete die Menschen, die über den Schulhof gingen. Lehrer standen zusammen und unterhielten sich, Oberschüler saßen herum und lasen Bücher. Eine Gruppe von Unterstuflern warf einen Ball hin und her.

Und immer wieder entdeckte ich schwarz gekleidete Schüler, die, trotz des mäßigen Sonnenscheins verspiegelte Sonnenbrillen trugen. Zumeist lungerten sie verstohlen irgendwo herum, lehnten an Häuserwänden oder saßen auf Bänken. Mir lief es jedes Mal kalt den Rücken herunter, wenn ich einen von ihnen sah. Nach etwa fünf Minuten kam ein Mädchen auf mich zu. Sie trug hohe Lederstiefel, eine schwarze Jeans und ein schwarzes T-Shirt. Auf ihrer zierlichen Nase saß eine dunkle Sonnenbrille. Ihr schwarzes Haar war zu einem langen Zopf geflochten, der ihr über die Schulter fiel. Ich überlegte, ob ich unauffällig das Feld räumen sollte, entschied mich dann aber dagegen und blieb wo ich war. Das Mädchen stand jetzt genau vor mir. Um den Hals trug sie eine silberne Kette mit dem Symbol der ORGANISATION „Spy- 7“ fragte sie unsicher. Man sah ihr ihre Nervosität an. Ich nickte nur, mit der Absicht, so wenig wie möglich zu reden. „Melde dich in der Pause in der Cafeteria bei Kaskada.“ Ohne ein weiteres Wort ging sie davon. Ich blieb verwirrt zurück.

X

Bevor der Unterricht begann, unterhielt ich mich noch einen Moment mit André. Er erzählte mir von den letzten drei Tagen und wir rätselten darüber, was Kaskada mir wohl zu sagen hatte. Als unsere Biologielehrerin erschien, waren wir noch so ins Gespräch vertieft, das wir erst etwas mitbekamen, als es von allen Seiten Ellenbogen setzte. Dann war der Unterricht vorbei und es klingelte zur großen Pause. Genau eine Minute und 39 Sekunden nach Beginn der Pause betrat ich die Cafeteria. Ich sah mich um, und als ich Kaskada nirgends entdeckte, setzte ich mich an einen der Holztische. 27 Sekunden später sah ich, wie Kaskada die Cafeteria betrat. Sie sah sich kurz um, dann steuerte sie zielstrebig auf meinen Tisch zu und setzte sich mir gegenüber auf einen Stuhl. „Guten Tag, Spy-7“ begrüßte sie mich mit ihrer tonlosen Stimme. Nachdem ich den Gruß erwidert hatte, kam sie gleich zur Sache. „Ich habe einen Auftrag für dich." erklärte sie. „Du wirst etwas für mich holen, besser gesagt für die Organisation." Vorsichtig erkundigte ich mich, worum es sich dabei handelte, doch Kaskada sagte wie erwartet: „Das geht dich einen feuchten Kehricht an.", ohne dabei jedoch auch nur eine Mine zu verziehen. Nach einer kurzen Pause fügte sie hinzu: „Und wehe, du versuchst, es selbst herauszufinden, geschweige denn, etwas zu entwenden. Die Verpackung ist versiegelt und ich weiß genau, was und wie viel es ist." Dann drückte sie mir einen Brief und eine Karte in die Hand. Die Karte hatte das Aussehen einer gewöhnlichen Kreditkarte, allerdings war auf ihrer Vorderseite etwas eingraviert:

Die Organisation
79485301-1313137

Darunter war ein Strichcode aufgedruckt, wie ihn die Waren in Supermärkten tragen. Kaskada erklärte es mir: „Im Gebüsch hinter der Sporthalle ist ein Stein von der Größe einer Schultasche in den Boden eingelassen. Darin befindet sich ein Schlitz. Dort schiebst du die Karte hinein; daraufhin wird sich ein Fach im Stein öffnen, in dem ein Gegenstand liegt. Den bringst du mir." Sie schwieg kurz, dann fuhr sie fort: „Sollte irgendetwas nicht so sein, wie ich es dir beschrieben habe, verschwindest du sofort und benachrichtigst mich. Andernfalls bringst du mir den Gegenstand morgen früh vor der Schule hierher." Damit stand sie auf und ging.

X

Zwei Stunden und 19 Minuten später verließ ich den Klassenraum in Begleitung von André. Wir waren aufgekratzt, da die Schule vorbei war und wir ausnahmsweise einmal keine Hausaufgaben zu erledigen hatten, der ganze Tag stand uns also offen. Wir flohen aus dem Schulgebäude in einem ausgelassenen Strom von Schülern und Schülerinnen. Mir fiel plötzlich ein, dass ich noch den Auftrag für Kaskada erledigen musste. Kurz erzählte ich es André. Dieser schlug vor, mich zu begleiten, nicht zuletzt, weil er selbst neugierig geworden war. Also machten wir uns auf den Weg zur Sporthalle, die nur etwa 400 Meter entfernt lag. Als wir vor besagtem Gebüsch standen, bekam ich zum ersten Mal Zweifel. Das Gestrüpp war dornig und schien undurchdringlich. André und ich gingen einige Meter daran entlang, kehrten wieder um und betrachteten das dichte Gesträuch erneut. Dann plötzlich fiel uns eine Holzplatte auf, die von grünen Ranken verdeckt wurde. Sie stand senkrecht auf der Rückseite des Gebüsches. In der Mitte war ein matt schimmernder Stahlknauf angebracht. Ich zog und zerrte mit aller Kraft daran, und sie ließ sich tatsächlich herausziehen. Dahinter kam ein etwa zwei Meter langer Gang zum Vorschein, an dessen Ende völlige Dunkelheit herrschte. Auf allen Vieren krabbelte ich vorwärts, André folgte mir. Der Tunnel endete in einer Höhle mit etwa eineinhalb Metern Höhe, zwei Metern Tiefe und zwei Metern Breite. Durch das Dach aus Geäst fiel spärliches Licht herein. Staunend richtete ich mich so weit wie möglich auf. Jetzt erreichte auch André den Hohlraum. Verblüfft sah er mich an. Nach einem Moment des stillen Staunens besann ich mich wieder auf meinen Auftrag und blickte mich um. Tatsächlich stand in der Mitte des Raumes ein Stein von der Größe eines kleinen Schränkchens. Als ich ihn mir näher besah, entdeckte ich einen Schlitz an seiner Seite. Gespannt schob ich die Karte hinein. Einige Sekunden geschah gar nichts. Dann ertönte ein metallisches Klicken und die Oberseite des Steins wurde zur Seite geschoben. Sie gab den Blick auf einen Hohlraum frei, der mit Stahl ausgekleidet war. Darin befanden sich ein metallenes Kästchen und ein Briefumschlag. Das Kästchen war mit einem Zahlenschloss mit drei Ziffern gesichert, außerdem war der Öffnungsmechanismus mit Wachs versiegelt. Der Brief trug ebenfalls ein Wachssiegel. Es zeigte einen Drachen. Einen Drachen, der die Flügel spreizte. Vorsichtig, als könnte sie jeden Moment explodieren, nahm ich Brief und Kästchen aus dem Stein. Dann zischte und klackte es erneut und der Stein verschloss sich wieder. Auch die Karte wurde wieder aus dem

Schlitz herausgeschoben. Ich steckte sie, zusammen mit dem Briefumschlag in meine Hosentasche. André hatte die ganze Zeit zugeschaut. Immer noch sprachlos vor Staunen, krochen wir durch den Tunnel zurück. Vorsichtig verschlossen wir den Eingang. Dann machten wir uns auf den Weg nach Hause. Zwei Stunden später lief ich rastlos vor meinem Schreibtisch auf und ab. Darauf lagen der Briefumschlag und das metallene Kästchen. Ich kämpfte verzweifelt gegen die Versuchung an, eines der beiden zu öffnen. Schließlich konnte ich nicht mehr länger an mich halten. Ich nahm ein Messer, das auf meinem Schreibtisch lag und begann damit, das Siegel von dem Briefumschlag abzutrennen. Ich ging sehr behutsam vor, da mich der kleinste Kratzer verraten würde. Nach einer Minute hatte ich das Siegel entfernt, ohne es zu beschädigen. Vorsichtig öffnete ich den Briefumschlag. Langsam griff ich hinein. Ich ertastete einen Papierähnlichen Gegenstand und zog ihn heraus. Ich erstarrte, als er zum Vorschein kam. Es waren drei saubere und ungeknickte 100 Euro Scheine. Mir lief es eiskalt den Rücken runter. Woher kam dieses Geld? Außer dem Geld war noch ein Zettel in dem Umschlag. Darauf stand eine Kette von Buchstaben und Ziffern:

VB 13905 B16 719085 027513170 XYBFRMZD

Ich schrieb sie ab, mit der Hoffnung, sie vielleicht noch zu entziffern. Dann steckte ich Geld und Zettel wieder zurück in den Umschlag. Schließlich nahm ich die Kerze, die auf meinem Fensterbrett stand, zündete sie an und wartete, bis das Wachs schmolz. Danach träufelte ich zwei Tropfen Wachs an die Stelle, wo sich vorher das Siegel befunden hatte. Bevor das Wachs erkalten konnte, presste ich das Siegel darauf. Ich besah mir mein Werk und war zufrieden. Niemand würde merken, dass ich den Briefumschlag geöffnet hatte. Nun war meine Neugier darauf, was sich in der Dose befand, noch größer. Ich suchte nach einem Weg, das Kästchen zu öffnen, ohne das Siegel zu beschädigen. Vergeblich. Nach dem ich das geheimnisvolle Kästchen zehn Minuten lang Zentimeter für Zentimeter genauestens in Augenschein genommen hatte, gab ich es schließlich auf. Vielleicht würde mir Kaskada ja doch noch verraten was sich darin befand.

X

Am nächsten Morgen um 7.45 Uhr betrat ich die Cafeteria. Kaskada war schon da und erfreulicher Weise saß André mit ihr am Tisch. Ich setzte mich zu ihnen und überreichte Kaskada das Kästchen und den Briefumschlag. Sie öffnete den Briefumschlag und spähte hinein. Kaskada nahm den Zettel heraus und reichte Kästchen und Briefumschlag André, der sich daraufhin verabschiedete und die Cafeteria verließ. Erst wollte ich Kaskada fragen, was André vorhatte, ließ es aber dann bleiben, in der Hoffnung, André würde es mir später erzählen. Kaskada steckte den Zettel weg und zog stattdessen einen anderen hervor. Diesen reichte sie mir. Darauf stand ein Name: Peter Derkendrechsler. Er kam mir bekannt vor, ich wusste allerdings nicht, woher. Kaskada erklärte mir genaueres: „Das ist ein Junge aus der 5c. Dein nächster Auftrag besteht darin, von ihm etwas abzuholen." – „Und wo finde ich ihn?" – Das kann ich dir nicht sagen. Allerdings…" sie zog ein Foto hervor und reichte es mir. Es zeigte einen schmächtigen blonden Jungen mit einer Brille. Sein Gesicht war sehr blass und er sah irgendwie krank aus. Sein Mund war zu einem schmalen Schlitz zusammengepresst. Ich kannte diesen Jungen. Er lebte im städtischen Kinderheim. „Außerdem…" fuhr Kaskada fort, „wirst du diesen Zettel jemanden überbringen." Sie gab mir den Zettel mit dem vermeintlichen Code und ein weiteres Foto. Darauf war ein Junge von etwa elf Jahren zu sehen. Auch ihn kannte ich. Doch nicht nur ich, jeder kannte ihn. Es war Jan Korac. Aber an der Schule wurde er nur „Einauge" genannt. Warum, erkannte man auf dem Bild sofort. Sein rechtes Auge war von einer schwarzen Binde verdeckt. Sein Gesicht war völlig ausdruckslos. Auch er lebte im Kinderheim. Er war der einzige, der nie in einer „Gang" Mitglied war und, vor allem, auch noch nie von einer

Gang terrorisiert worden war. Jede Pause saß er allein auf einer der zahllosen Bänke. Ihn umgab eine angsteinflößende Aura. Wenn er irgendwo erschien, verstummten wie auf Kommando alle Gespräche und die Stimmung wurde schlagartig kühl. Um sein Auge rankten sich zahlreiche Geschichten, eine abenteuerlicher als die andere: Manche Leute behaupteten, sein Vater hätte es ihm mit einem Messer herausgestochen, andere wussten, dass sein Auge vom Geheimdienst entfernt worden war, da es übernatürliche Kräfte besaß und wieder andere vermuteten, dass er es sich im Wahnsinn selber herausgerissen hatte. Diese Gedanken schossen mir durch den Kopf, als ich das Bild betrachtete. Widerwillig steckte ich es ein. Nun verabschiedete sich auch Kaskada. Ich blieb stumm noch einige Minuten sitzen und dachte nach. Dann stand ich auf und ging in meinen Klassenraum.

X

In der Pause machte ich mich auf die Suche nach Peter Derkendrechsler. Nachdem ich etliche Leute befragt und ihnen das Bild gezeigt hatte, fand ich ihn schließlich genau dort, wo mein Auftrag begonnen hatte: in der Cafeteria. Ich war in Eile, da ich noch nicht mit André gesprochen hatte und plante, dies noch in der Pause zu tun. Von der 20-minütigen Pause waren bereits zehn Minuten vergangen, als ich gehetzt in die Cafeteria stürzte. Ein Junge aus Peters Klasse hatte mir erzählt, dass er hier vielleicht zu finden war. Und wirklich entdeckte ich ihn. Er stand am Tresen und trank ein Glas Mineralwasser. Ich stellte mich neben ihn und sprach ihn an: „Bist du Peter Derkendrechsler?" Er musterte mich prüfend. Als sein Blick auf der Kette der Organisation fiel, wurde er, falls das überhaupt möglich war, noch bleicher als er ohnehin schon war. Ich verglich ihn in Gedanken kurz mit dem Bild, das Kaskada mir gegeben hatte. Gut, der Junge der vor mir stand, hatte dunkle Augenringe und trug keine Ohrringe wie auf dem Bild, aber es war unübersehbar dieselbe Person. In diesem Moment richtete er sich auf, warf ein

20-cent Stück auf den Tresen und verließ hastig die Cafeteria. Ich tat es ihm nach und folgte ihm. Ich wunderte mich noch über seine Reaktion, als ich auf den Schulhof trat. Ich wartete, bis sich meine Augen wieder an die Helligkeit gewöhnt hatten, dann sah ich mich um. Ich erspähte gerade noch, wie Peter hinter dem Schulgebäude verschwand. Seufzend begann ich ihm zu folgen. Nach zehn Sekunden Sprint bog ich um die Ecke des Gebäudes und zuckte zurück. Direkt vor mir stand Peter Derkendrechsler und sah mich verstohlen und feindselig an. „Was willst du von mir?“ fragte er. Ich hörte deutlich die Angst in seiner Stimme. „Hey, keine Panik!“ versuchte ich ihn zu beruhigen. „Ich soll nur etwas von dir abholen.“ „A-a-ach so.“ stotterte er. Sehr beruhigt sah er allerdings nicht aus. Er zog ein Kuvert aus seiner Hosentasche. „Hier nimm. Und dann verschwinde endlich.“ Jetzt zitterte Peter am ganzen Körper. „Lass mich endlich in Ruhe. Ich hab dir doch schon alles gegeben!“ In diesem Moment erklang das Pausenzeichen. Ich lief zurück in die Klasse und dachte dabei über diesen seltsamen Jungen nach.

X

Da ich in der Pause nun nicht die Zeit gefunden, hatte mich mit André zu unterhalten, tat ich es während des Unterrichts. Das hatte zur Folge, dass sich Herr Kolpings, unser Biologielehrer, mächtig über die „nachlassende Aufmerksamkeit der allgemeinen Schülerschaft“ aufregte. Mir war das nur recht, da er bei seinem lautstarken Monolog gar nichts davon mitbekam, was André und ich tatsächlich in der letzten Reihe machten. So erfuhr ich, dass André den Umschlag mit den Geldscheinen in einem toten Briefkasten, also an einem Ort, an dem ihn nur jemand fand, der ihn finden sollte, deponiert und das Kästchen bei einem anderen Organisationsmitglied abgegeben hatte. Ich erzählte ihm von dem seltsamen Jungen und von meinem Briefumschlag. Dass ich Kaskadas Umschlag geöffnet hatte, verschwieg ich allerdings. Erst hinterher wurde mir bewusst, dass dies vielleicht nicht so klug gewesen war, denn so hätte jemand von meinem Fund gewusst, dem ich vertrauen konnte. Doch irgendwie hatte ich kein gutes Gefühl bei der Sache gehabt. Auch André konnte sich keinen Reim auf das seltsame Verhalten des Jungen machen und so gaben wir es schließlich auf, herumzurätseln, was ihn so verängstigt hatte. „Vielleicht war es ja dein Geruch?!" frotzelte André, während Herr Kolpings sich gerade einem Herzinfarkt näherte. „Manchmal stinkst du wie ein Iltis." Damit war das Thema beendet und wir wandten uns, damit Herr Kolpings sich endlich beruhigte wieder dem Unterricht zu.

X

Am nächsten Tag fieberte ich unruhig der Pause entgegen. Einerseits hatte ich Angst vor dem, was geschehen würde. Andererseits sah ich ihm doch mit einer gewissen Spannung entgegen. Dann war es so weit. Nach der dritten Stunde beeilte ich mich, auf den Schulhof zu kommen. Der Zettel, den ich Jan Kovac geben sollte, steckte in der Tasche meines Sweatshirts. Es war sommerlich warm, trotzdem zog ich die Kapuze tief ins Gesicht, damit mich niemand erkennen konnte. Das fiel nicht sonderlich auf, weil mittlerweile in jeder Pause etwa zwanzig Schwarz gekleidete Personen mit Sonnenbrille auf dem Schulhof standen. Als ich die Mitte des Schulhofs erreichte, sah ich ihn bereits: „Einauge." Er saß auf einer Bank in der nordöstlichen Ecke des Schulhofes. Gedankenverloren starrte er in die Ferne. Er trug Kopfhörer. Seine Kleidung bestand aus einem weißen Hemd und einer ebenfalls weißen Jeans, die ihn noch bleicher erscheinen ließ, als er ohnehin schon war. Ich näherte mich ihm auf eine Entfernung von zwei Schritten, sodass er mich registrierte. Einauge deutete mit seiner rechten Hand auf den Platz neben sich. (Die Bank war völlig leer.)Ich schluckte und setzte mich neben ihn. Trotz des warmen Wetters fröstelte ich plötzlich. Kovac nahm langsam die Kopfhörer ab. Ich überragte ihn um fast zwei Köpfe, doch spürte ich eine gewaltige

Überlegenheit, die er ausstrahlte. Er begann, ohne den Kopf zu wenden, langsam zu sprechen: „Was willst du von mir?" Er sagte dies ohne einen Anflug eines Gefühls in der Stimme, in einem heiseren Flüsterton, der mir das Blut in den Adern gefrieren ließ. Man kann mit Absicht fast jedes Gefühl in seiner Stimme tilgen, doch es bleibt immer noch ein Fünkchen dessen übrig, was tief im Inneren des Sprechers vorgeht. Bei diesem Jungen war es anders. Er sprach nicht, er kommunizierte nur. Wie ein Computer, der leblose Daten versendet. Wie paralysiert saß ich da, unfähig auch nur einen klaren Gedanken zu fassen. Schließlich gelang es mir, unter Aufbietung all meiner Willenskraft, Kaskadas Zettel aus der Tasche meines Sweatshirts zu ziehen und ihn Kovac hinzuhalten. Er nahm ihn wortlos an sich und für den Bruchteil einer Sekunde berührten sich unsere Fingerspitzen. In diesem Moment bekam ich einen fürchterlichen elektrischen Schlag und zuckte zurück. Meine Hand prickelte und zitterte. Kovac nahm von all dem keine Notiz. Er warf einen kurzen Blick auf den Zettel und steckte ihn ein. Dann entließ er mich mit einer Handbewegung. Ich suchte hastig das Weite.

X

Diesmal blieb mir noch genug Zeit, André in der Pause alles zu erzählen. Ich fand ihn schließlich auf einer Bank sitzend mit mehreren unserer Klassenkameraden. Ich setzte mich zu ihnen und lauschte ihrer Unterhaltung. So erfuhr ich, dass zwei von ihnen ebenfalls zur Organisation gehörten. Nachdem sie ihr Gespräch beendet hatten, nahm ich André beiseite und erzählte ihm alles. Er zeigte sich nicht sonderlich überrascht, allerdings fragte er mich, ob ich den Umschlag von Peter Derkendrechsler bereits abgegeben hätte. Ich verneinte, worauf er sich äußerst interessiert zeigte: „Weißt du zufällig, was in dem Umschlag drin ist?" fragte er scheinheilig. Wieder verneinte ich. Ich zog den Umschlag aus der Tasche und wog ihn in der Hand. Er war schwer. Vorsichtig schüttelte ich ihn. Ein leises Klimpern erklang. Wieder schüttelte ich den Umschlag, diesmal fester. Jetzt war das Klimpern lauter. Es klang wie Münzen, die aneinander schlugen. Plötzlich fiel mir auf, dass der Umschlag nur mit einem Stück Klebeband verschlossen war. Kurz entschlossen riss ich es ab. Da fielen Geldmünzen auf den Asphalt unter unseren Füßen. André bückte sich und begann sie schnell wieder einzusammeln. Hastig folgte ich seinem Beispiel. Als wir alle Münzen eingesammelt hatten, verdrückten wir uns unauffällig hinter die Aula. Im Schatten des Gebäudes zählten wir das Geld. Es waren immerhin stolze 27,60 Euro. Schnell stopften wir das Geld wieder zurück in den Umschlag. Während des gesamten Vorgangs hatte weder André noch ich ein Wort gesagt. Jetzt brach André das Schweigen: „Deshalb hatte der Typ so 'n Schiss vor dir." Ich verstand nicht so recht. „Wieso?" – „ Na, weil die Organisation ihn eingeschüchtert und ihn erpresst hat." Jetzt leuchtete es auch mir ein. Peter hatte die Flucht ergriffen, als er meine Kette gesehen hatte. „Und das ist das Geld was sie ihm abgepresst hatten" beendete André meinen Gedankengang. Eigentlich war das nichts besonderes, früher hatte das fast jede Gang getan, trotzdem beschlich mich ein Gefühl der Unbehaglichkeit. Die Organisation arbeitete mit denselben Mitteln, die sie eigentlich verhindern wollte. Irgendetwas stimmte nicht, da war ich mittlerweile sicher. Theoretisch hatte ich nichts mit dem Geld zu tun, doch irgendwie fühlte ich mich mitschuldig. Ich steckte den Umschlag mit dem Geld ein. Die Pause musste jeden Moment vorbei sein, deshalb schlenderte ich langsam zum Klassenraum. André folgte mir. In den folgenden Stunden verlor keiner von uns beiden ein Wort über das Geld oder den Jungen.

X

Der Rest der Woche verlief ziemlich unspektakulär: Unterricht, Hausaufgaben, Freizeit wieder Unterricht. Dann war wieder Montag. Kurz vor der Schule ging ich in die Cafeteria, wo ich Kaskada antraf. Sie saß wie üblich in der hintersten Ecke an einem Tisch. Ich setzte mich ihr gegenüber an den Tisch. Ohne Zeit mit einer Begrüßung zu verlieren fragte sie gleich: „Hast du`s erledigt?“ Ich nickte. Irgendwie ödete mich plötzlich alles an. Ich reichte Kaskada den Briefumschlag und erzählte kurz wie ich Einauge den Zettel gegeben hatte. Sie sah abwesend aus einem der Fenster und ich war mir nicht sicher, ob sie mir überhaupt zuhörte. Als ich geendet hatte starrte sie noch eine Weile aus dem Fenster, bevor sie sich wieder mir zuwandte. „Gut. Hier das ist für dich.“ Damit zog sie ein Bündel Papier aus der Tasche und reichte es mir. Es waren die Banknoten der Organisation. Zwanzig Stück! „Außerdem habe ich eine Neuigkeit für dich. Du wirst befördert.“ Komischerweise ließ mich das völlig kalt. Kaskada fuhr fort: „Du wirst ins Alpha-Team befördert. Das Alpha-Team ist die Spezialeinheit der Organisation. Mehr kann ich dir auch nicht sagen, das ganze ist streng geheim. Dein neuer Deckname ist Delta-x. Du sollst morgen in der Pause hinter der Aula sein.“ Sie nahm einen Schluck aus ihrem Glas. Das hört sich ja interessant an. Langsam kehrte meine Aufmerksamkeit zurück. Spezialeinheit hatte sie gesagt?! Plötzlich war alle Langeweile verflogen. Kaskada begann wieder zu reden: „Das war mein letzter Auftrag für dich.“ Sie stand auf. Langsam schob sie ihren Stuhl an den Tisch. Dann verließ sie ohne ein weiteres Wort die Cafeteria.

X

Nach dieser Nachricht war ich wieder voll da. Am Nachmittag stopfte ich für den nächsten Tag alle möglichen Dinge in meine Schultasche, von denen ich dachte, dass ich sie irgendwie gebrauchen könnte. In meiner Tasche landeten unter anderem ein Fernglas, das Touchhandy sowie ein Beutel mit Hagebuttensamen. Auch meine Kleidung wählte ich sorgfältig aus, auch wenn ich dafür nicht ganz so viel Zeit brauchte: schwarzes Hemd, schwarze Jeans, darüber ein schwarzes Kapuzensweatshirt. Außerdem legte ich noch eine Sonnenbrille dazu.

X

Am nächsten Morgen ging ich früh in voller Montur aus dem Haus. Ich weiß nicht, was mich dazu trieb, doch irgendwie wusste ich, dass es wichtig war. Ich kam mir vor wie ein Kleinganove in einem amerikanischen Gangsterfilm. Bereits eine halbe Stunde vor Unterrichtsbeginn erreichte ich die Schule. Also setzte ich mich auf eine Bank unter der großen Eiche in der Mitte des Schulhofes. Verstohlen beobachtete ich die Menschen, die zu so früher Stunde bereits über den Schulhof gingen. Schließlich entdeckte ich Einauge. Er saß bereits auf seiner Bank und starrte abwesend in den Himmel. Plötzlich senkte er ganz unvermittelt den Kopf, sodass ich genau in sein Gesicht sehen konnte. Für einen Moment sah es so aus, als musterte er mich, doch dann hob er den Blick wieder hinauf zu den grauen Wolken, die sich am Himmel auftürmten. Ich wandte mich wieder den anderen Schülern zu. So harrte ich gespannt der Dinge, die da kommen sollten.

X

Sie kamen nicht. Jedenfalls nicht sofort. An diesem Tag kam ich erst fünf Minuten nach Pausenbeginn aus meinem Klassenraum. Mein Mathematiklehrer hatte noch mit mir über meine letzte Klassenarbeit gesprochen, da ich eine glatte Fünf geschrieben hatte. Nachdem er sich mit dem dreimaligen Versprechen, ich werde mich bessern, zufrieden gegeben hatte, zog ich hastig die Sonnenbrille aus meiner Tasche und setzte sie auf. Dann ging ich zügig zur Aula.

X

Dort angekommen, sah ich mich vorsichtig um. Keiner schien auf mich zu achten. Schnell stahl ich mich um die Ecke… und zuckte zurück. Vor mir stand sie: Beta-X. Ihr langes schwarzes Haar fiel ihr in Kaskaden auf den Rücken. Ein verächtliches Lächeln spielte um ihre Lippen. Und dann sprach sie. Ich hatte sie schon einige Male gesehen, sie allerdings noch nie sprechen gehört. Sie sagte nur zwei Worte, aber diese mit solch einer Schönheit und Perfektion, das meine Gedanken erstarrten: „Folge mir!“ Sie drehte sich um und ging weiter in den finsteren Gang hinein. Ich beeilte mich ihr zu folgen.

X

Nach wenigen Schritten blieb Beta-X stehen, und wandte sich dem Gestrüpp zu, das den schmalen Gang auf der einen Seite begrenzte. Ich wusste, dass dahinter ein Wald lag. Früher hatten wir immer dort gespielt, doch irgendwann wurde er mit einem hohen Zaun begrenzt. Beta-X griff beherzt in das Gestrüpp und schob es, wie einen Vorhang, beiseite. Dann verschwand sie in der Öffnung. Ich hatte große Mühe, ihr zu folgen, denn die Öffnung war schmal und niedrig. Als ich es schließlich geschafft hatte, hörte ich Betas Schritte nur noch gedämpft. Schnell kämpfte ich mich vorwärts. Plötzlich hörte der Gang auf und wir standen mitten auf einer Lichtung. Beta-X lief ohne innezuhalten auf das andere Ende der Lichtung zu. Ich rannte ihr hinterher. „Wo wollen wir eigentlich hin?“ fragte ich. Keine Antwort. Plötzlich blieb Beta-X stehen. Das kam so unvermittelt, dass ich ihr beinahe in den Rücken gelaufen wäre. Dann erkannte ich, wovor wir standen. Vor uns stand eine ein Meter hohe Mauer aus Beton. Darin war eine verwitterte Holztür mit einem rostigen alten Schloss eingelassen. Beta-X zog einen Schlüssel aus ihrer Tasche, steckte ihn ins Schloss und drehte ihn herum. Mit einem leisen Klicken öffnete sich die Tür. Dahinter kam eine weitere Tür zum Vorschein. Sie war ganz aus Stahl und in Augenhöhe war ein Tastenfeld angebracht. In schneller Folge gab Beta-X acht Ziffern ein. Daraufhin schwang die Tür mit einen leisem Zischen auf. Der Raum dahinter war von kaltem Neonlicht erleuchtet. Der Boden war übersät mit Betontrümmern. Da begann Beta-X wieder zu sprechen: „Wir sind hier im Hauptquartier der ORGANISATION. Ich werde dir nun alles hier zeigen." Sie öffnete eine weitere Tür. Dahinter lag ein kreisrunder Raum, von dem mehrere Türen abgingen. Über jeder Tür war ein weißes Schild angebracht, auf dem wahrscheinlich die Bezeichnung des dahinterliegenden Raumes stand: Archiv, Labor, Lager, Tresor, Konferenzraum, The Brain, Ausguck, Informationszentrum. „Du musst wissen,..." sagte Beta-X. „ dass dieses Gebäude mal ein Bunker war. Er stand lange Zeit leer, bis er ihn entdeckte." Ich wollte sie gerade fragen wer „er" war, da öffnete sich die Tür über der „Labor" stand und ein schwarzhaariger Junge in einem weißen Kittel kam heraus. „Hi Bet!"rief er und kam zu uns herüber. „Wen hast du denn da mitgebracht?" Beta-X entgegnete: „Das ist Delta-X, Alpha-Team 4, Zuständigkeitsbereich Spionage."-„Hört sich ja total wichtig an." entgegnete der Junge."Dann wollt ihr wahrscheinlich zu Alpha, hab ich Recht?" „Richtig. Würdest du ihn ins Konferenzzimmer schicken?" –„O.K. Bet. Bis später." Damit verschwand er wieder hinter einer Tür. Beta-X öffnete die Tür, aus der der Junge gekommen war. Ein eigenartiger Geruch schlug mir entgegen. Es stank nach Putzmittel und verbranntem Gummi. Ich trat hinter Beta-X in den Raum. Der kleine Raum, den ich nun sah, war vollgestopft mit allen nur erdenklichen Flüssigkeiten, die entweder in einem Reagenzglas vor sich hin köchelten oder einfach nur in einem Fläschchen irgendwo herumstanden. Ein Mädchen in einem weißen Kittel stand, uns den Rücken zugewandt vor einem bizarren Gebilde aus Glas -kolben, -zylinder und –spiralen. Die Luft war erfüllt von vielstimmigem Zischen, sodass ich Mühe hatte Beta-X zu verstehen, als sie erneut zu sprechen begann: „Das hier ist unsere Hexenküche. Hier arbeiten unsere klügsten Köpfe an Kapseln für unsere IFWs." „Was sind IFWs?" – „Erklär ich dir später. Komm mit!" Sie steuerte direkt auf das Mädchen zu. Als sie angekommen war legte sie ihr eine Hand auf die Schulter. „Hallo Bet." sagte das Mädchen ohne sich umzudrehen. Sie lispelte stark und hatte eine hohe piepsige Stimme. „Ich möchte dir jemanden vorstellen Gamm." sagte Beta-X. Nun drehte sich das Mädchen doch um. Sie trug eine riesige Brille, hinter der

ihre Augen zehn-mal so groß erschienen. Ihr Gesicht war (wie auch der Rest ihres Körpers), gelinde gesagt, ziemlich rund. Sie musterte mich von oben bis unten, als hätte sie einen Außerirdischen vor sich. „Wer ist das?“ fragte sie. „Das ist Delta-X. Er ist...“ Der Rest von Beta-X Worten ging in einem ohrenbetäubenden Knall unter. Glas zerbarst und Flüssigkeit spritzte umher. Hastig wandte sich das Mädchen um und hantierte an der Glasapparatur herum. Dabei grummelte sie wütend vor sich hin: „Verdammt... warum... oxidiert...“ Beta-X stand immer noch an derselben Stelle wie eben, allerdings war ihr Gesicht nun um so einiges weißer. „Passiert das öfter?“ fragte ich vorsichtig.
Als Antwort erntete ich einen giftigen Blick von dem Mädchen im weißen Kittel. „Im Übrigen...“ meldete sich Beta-X zu Wort, „Das ist Gamma-X, zuständig für Technik und Spurenidentifikation.“ Das Mädchen brummte etwas Unverständliches. „Und dann hat sie natürlich noch ihre Spielereien hier.“ Beta-X grinste belustigt. „Wir sehen uns dann nachher im Konferenzraum.“-„Okay.“ Ich warf einen kurzen Blick auf meine Armbanduhr, ohne richtig hinzuschauen. Ungläubig schaute ich ein zweites Mal hin. Ich hatte noch exakt 46 Sekunden bis zum Pausenende. Panik ergriff mich. Ausgerechnet in der vierten Stunde hatte ich Deutschunterricht. Herr Kibeck, unser Deutschlehrer, mochte es ganz und gar nicht, wenn man zu spät kam. Einmal hatte er einen Schüler zehn Seiten abschreiben lassen, weil dieser fünf Minuten zu spät zum Unterricht erschienen war, und das nur, weil der Bus zu spät gekommen war. Ich wollte Beta-X gerade sagen, dass ich ganz schnell zurück müsse, da sagte sie, als hätte sie meine Gedanken gelesen: „Mach dir keine Sorgen. Es ist alles geregelt.“ Dabei lächelte sie mich an. Dann hatte ich plötzlich nicht den Hauch eines Zweifels. Etwas, was so schön klang, musste einfach wahr sein. Wieder faszinierte mich die geheimnisvolle Schönheit, die von Beta-X ausging. Ich erinnerte mich an das Mädchen, dem ich bei meiner ersten Begegnung mit der Organisation begegnet war. Ihr Bild wollte so gar nicht mit dem übereinstimmen, welches ich jetzt

vor mir hatte. Sie drehte sich um, öffnete die Tür des Labors und trat hinaus. Ich folgte ihr gespannt, welche Überraschung mich als nächstes erwartete. Beta-X öffnete nun die Tür, über der „Informationszentrale“ stand. Das Hämmern von Fingern auf Tastaturen und zahlreiche Signalpieptöne vermischten sich zu einer dissonanten Melodie. Als Beta-X einen Schritt in den Raum machte, erblickte ich die Ursache der Kakofonie. Der Raum war viel größer als das „Labor“ etwa 50qm. An den Wänden flimmerten unzählige Bildschirme. Davor saßen etwa zwanzig Personen und schlugen fieberhaft auf Tastaturen ein. Über die Bildschirme rasten Textzeilen und flimmerten bunte Lichter. Am anderen Ende des Raumes stand ein riesiger Schreibtisch. Auf dem Schreibtisch stand ein Laptop. Hinter dem Laptop saß ein zusammengekauerter Junge mit hochgegelten schwarzen Haaren. Es war Alpha-X. Allerdings trug er keine Sonnenbrille. Sofort fiel mir auf das seine Iris himmelblau schimmerte. Er bemerkte uns überhaupt nicht. Da drückte Beta-X einen Knopf an ihrer Armbanduhr. Plötzlich wurde die Hälfte der Bildschirme im Raum schwarz. Überall brach helle Aufregung aus. Nur Alpha-X starrte weiter auf seinen Laptop und tippte auf der Tastatur herum. Da erschienen auf den Bildschirmen wieder die Zahlenkolonnen, die vor wenigen Augenblicken noch dort gestanden hatten. Erneut drückte Beta-X einen Knopf an ihrer Uhr. Auf allen Bildschirmen, die ich einsehen konnte, flackerte nun dieselbe Meldung: ERROR – bad data – ERROR – bad data –ERROR. Alpha-X hieb nun schneller und energischer auf seine Tastatur ein, es schien eine Art wortloser Kampf zwischen ihm und Beta zu sein. Als nach zwei Minuten noch immer nichts geschehen war und auf den Bildschirmen immer noch das gelbe Dreieck prangte, schlug Alpha-X genervt mit der Faust auf den Schreibtisch. Ohne von seinem Bildschirm aufzusehen, sagte er: „Du hast gewonnen, Beta. Mach’s rückgängig!“ Beta-X lächelte und drückte den Knopf an ihrer Armbanduhr zum dritten Mal. Sofort verschwanden die Meldungen wieder von den Bildschirmen. Beta-X ging gemessenen Schrittes in Richtung des Schreibtisches, an dem

Alpha-X saß. Dieser hatte ihr und mir nun seine volle Aufmerksamkeit zugewandt. Er stand auf und rief laut: „A chère, Madame et Monsieur. Ladies and Gentlemen, begrüßen sie mit mir Beta-X, ihres Zeichens hervorragende Technikerin, etwas handfest, aber sehr liebenswürdig.“ Alpha-X beugte sich vor und wollte ihr die Hand küssen; da holte Beta-X aus und verpasste ihm eine Ohrfeige, dass es nur so schallte. Deutlich erkannte ich, wie einige der vor den Rechnern sitzenden Jugendlichen verstohlen grinsten. „Netter Versuch.“ Beta-X war sichtlich wütend. „Den Chip bekommst du nicht, der ist für ihn.“ Alpha-X richtete sich wieder auf und rieb sich die schmerzende Wange. „Komm schon!“ bettelte er. „Wie viel zahlst du mir?“ fragte Beta mit gespieltem Desinteresse. „Gut.“ Alpha-X zog ein Bündel der Organisationswährung aus einem Schubfach seines Schreibtisches. Er grinste. „Die überragende Beta-X verscheuert ihre Arbeit an niedere Kollegen.“ Ein weiteres Mal sauste Beta-X Hand los und wieder traf sie ihr Ziel. „Ich kann es auch lassen...“ fauchte sie. „Okay, Okay.“ wiegelte Alpha ab. „Also, wie viel?“-„200, bar auf die Hand!“-„Wie bitte? 200 Mäuse? Das kann doch nicht dein Ernst sein!“-„Das ist mein voller Ernst. Ich wiederhole mich nur ungern. 200 oder lass es bleiben!“-„Vielleicht 100?“-„Alpha!“-„120?“ Beta-X drehte sich um und ging in Richtung Tür. Alpha lief hinter ihr her. „Okay, 200 sind in Ordnung. Aber hör auf mit dem Theater!“ „Ich spiele kein Theater.“ zischte Beta. „Hier.“ Alpha-X warf ihr zwei Bündel Scheine hin. Im Gegenzug überreichte ihm Beta ihre Uhr. Ich war sprachlos. Vor meinen Augen war gerade ein Handel über 200 O.I.M. abgeschlossen worden, von Schülern, die noch keine 16 Jahre alt waren. Alpha-X schien mich nun erst bemerkt zu haben. Mit plötzlichem Misstrauen fragte er: „Wer ist das? Ich habe ihn noch nie hier gesehen.“ „Das ist der Ersatz für Delta“ erklärte Beta-X. Auf einmal erbleichte Alpha-X ohne sichtbaren Grund. In seinem Gesicht stand unverhohlener Zorn. „Verschwindet!“ donnerte er. „Ich habe zu tun. Los! Raus hier!“ Beta-X beeilte sich, den Raum zu verlassen. Ich folgte ihr so schnell wie möglich, da offensichtlich war, dass ich wenigstens zum Teil zu Alphas plötzlicher Entgleisung beigetragen hatte. An der Tür drehte ich mich noch einmal um. Alpha-X starrte wieder mit leerem Blick auf den Bildschirm seines Laptops. Ich meinte, eine kleine Träne in seinem rechten Auge ausmachen zu können. Da zog mich Beta-X durch die Tür und ließ sie ins Schloss fallen.

X

Wir standen ein drittes Mal in dem Raum mit den vielen Türen. Dieses Mal öffnete Beta-X die Tür, über der „Ausguck“ stand. Dahinter verbarg sich eine Wendeltreppe.
Beta-X begann hinaufzusteigen. Ich folgte ihr. Leise zählte ich die Stufen mit: 1,2,3,… der Raum war dunkel, nur spärlich fiel Licht von oben hinein. 16,17,18,… nun wurde es schon heller. Über mir hörte ich die leichten schnellen Schritte von Beta-X. 25,26,27,… plötzlich veränderte sich das Material der Wände von Beton zu Holz. Nach fünfzig Treppenstufen hatten wir das Ziel erreicht. Vor mir lag eine ovale Öffnung, gerade groß genug um aufrecht hindurchzugehen. Dahinter lag eine Plattform, etwa zehn Quadratmeter groß. Sie war aus Holz gezimmert und wurde von einem hölzernen Geländer begrenzt. An dem Geländer waren eigenartige Apparaturen befestigt. Als ich durch die Öffnung trat und mich umsah, erkannte ich, dass die Treppe in einem hohlen Baum versteckt war. Die Plattform führte um den Baumstamm herum. Neben der Öffnung, aus der wir gekommen waren, befand sich eine eiserne Steigleiter. Ich suchte Beta-X, doch ich konnte sie nirgends entdecken. „Komm hoch!“ erscholl es plötzlich. Schnell machte ich mich daran, die Steigleiter empor zu klettern. Nach knapp fünf Metern stieß ich auf ein scheinbar undurchdringliches Blätterdach. Ich schob ein paar Äste beiseite. Eine Öffnung tat sich über mir auf. Ich kletterte hindurch. Nun stand ich auf einer ähnlichen Plattform wie der ersten, nur, dass diese kleiner war. In der Mitte stand eine mannshohe Apparatur an deren Vorderseite große Geschützrohre im Quadrat angebracht waren. Die Ap-

paratur stand auf einem riesigen Kugelgelenk. Auf der Oberseite befand sich ein langes Rohr, das ich als Zielfernrohr identifizierte. Als ich auf die andere Seite des Gerätes ging, entdeckte ich einen Sitz, der an der Hinterseite der Kugel angebracht war. Vor dem Sitz war ein kleines Tastenfeld. Als ich näher heran trat, erkannte ich, dass auf den Tasten folgendes stand: On/Off, fire, reload, swap, aim. Darunter gab es zehn Tasten mit den Ziffern von 0-9. Plötzlich legte mir jemand von hinten die Hand auf die Schulter. Als ich mich umsah blickte ich in die grünen Augen von Beta-X. „Schönes Spielzeug, was?" fragte sie. Ich nickte. Daraufhin nahm sie die Hand von meiner Schulter und ging zu dem Geschütz hinüber. Sie drückte ein paar Tasten. Plötzlich kam Leben in die seltsame Apparatur. Sie begann zu surren und aus dem inneren der Kugel drang metallisches Klicken an mein Ohr. Da fuhr die eiserne Verkleidung über dem Tastenfeld beiseite und ein Bildschirm erschien. Ich trat näher an Beta-X heran. Jetzt erkannte ich, dass auf dem Bildschirm ein etwa zwei Quadratmeter großes Stück Waldboden zu sehen war. In der Mitte des Bildschirmes sah man einen roten Punkt. Dieser war das Zentrum eines ebenfalls roten Kreises.

Der Kreis hatte einen Durchmesser von etwa 1,50m Beta-X drückte eine Taste und der Kreis wurde langsam kleiner. Am unteren Rand des Bildschirms entdeckte ich nun einige Zahlen, eine davon verkleinerte sich nun schnell. Beta-X drückte eine weitere Taste und noch eine. Zwei Dinge geschahen genau gleichzeitig, sodass ich Mühe hatte, beide zu erkennen: Das Geschützrohr an der Vorderseite der silbrigen Kugel senkte sich ab und der Kreis auf dem Bildschirm hörte auf, weiter zu schrumpfen. Plötzlich hörte ich ein seltsames Surren. Ich blickte in die Richtung, aus der das Geräusch kam. Wieder hatte sich eine Klappe in der silbernen Kugel geöffnet, diesmal wurde an einem langen Metallarm ein Joystick herausgefahren. Beta-X griff danach und drückte den Steuerhebel nach vorn. Der Bildschirm veränderte sich, die Kamera zoomte auf. „Jetzt pass auf!" forderte mich Beta auf und drückte die Feuertaste des

Joysticks. Ein lautes Klacken ertönte und fast im selben Moment flog ein undefinierbarer Gegenstand aus dem Geschützrohr, den ich sofort als Projektil von beachtlicher Größe identifizierte. Eine Viertelsekunde später hörte man einen lauten Knall, wie von einer Detonation. Als ich auf den Bildschirm blickte, sah ich dort, wo sich der rote Kreis auf dem Bildschirm befunden hatte, einen Krater von gleicher Größe. Verblüfft starrte ich auf den Bildschirm. Wie war solches Teufelswerkzeug in die Hände der Organisation gelangt? „Das sind zwar keine Panzerfäuste“, erläuterte Beta-X gerade, „aber sie reichen aus, um einen erwachsenen Menschen lebensgefährlich zu verletzten.“ „Woher habt ihr die Munition?“ fragte ich beunruhigt. Vor meinem inneren Auge spielte sich ein Horrorszenario ab, in dem sich die Schülergangs gegenseitig mit Mordwerkzeugen ausradierten. „Die hat Gamma-X zusammengemixt.“ Man kann mit ein paar Zutaten aus dem Chemieunterricht eine hübsche Bombe basteln.“ Langsam wurde mir die Macht der ORGANISATION bewusst. Wer einfach aus dem Chemieraum Substanzen entwenden konnte (der Lehrer, der den Chemieraum verwaltete, war als der strengste Lehrer der Schule bekannt), musste drei Schlüssel und die Karte von einem der Lehrer besitzen. Beta-X stand auf. Der Bildschirm verschwand sofort wieder hinter der Verkleidung. Auch der Joystick wurde an dem langen silbernen Arm zurück ins Innere des Gehäuses gefahren. Beta-X zog eine silberne Taschenuhr aus ihrer Hosentasche. „Wir haben noch zwanzig Minuten.“ sagte sie. Dann begann sie, die Steigleiter hinunterzusteigen.

X

Unten angekommen, musste ich erst einmal verschnaufen. Doch Beta-X scheuchte mich auf die nächste Tür zu. „Wir haben nicht mehr ewig Zeit.“ Sie stieß die Tür auf. Ein Schwall kalter Luft schlug mir entgegen. Der Raum war karg eingerichtet, die Wände nicht verputzt. An den Wänden standen Regale, die vollgestopft waren mit seltsamen Apparaturen, die ich nicht genauer erkennen konnte. An der hinteren Wand des Raumes stand ein weiteres Regal. Es war vollgestellt mit Marmeladengläsern, die mit kleinen Kapseln gefüllt waren. Jedes Glas war mit einem Kürzel versehen. Daneben war jeweils ein Aufkleber zu sehen: giftig, ätzend, reizend, explosiv. Dies trug nicht dazu bei, dass ich mich nun wohler fühlte. An der dritten Wand des Raumes, die mir zur Rechten lag, stand ein großer weißer Schrank. Ich tat einen Schritt in den Raum hinein. Jetzt sah ich, dass die Wand neben der Tür mit einigen Haken versehen war. An den Haken hingen verschiedene Geräte, jeweils drei einer Sorte. Eines erkannte ich als Nachtsichtgerät. Ein anderes bestand aus einem Kopfhörer und einem kleinen Mikrofon. Ein drittes ähnelte einer Teleskopangel im zusammengeschobenen Zustand. Beta-X begann wieder zu sprechen. „Das ist das Lager. Hier wird unsere gesamte Ausrüstung aufbewahrt.“ Sie ging zu einem der Regale hinüber und nahm etwas heraus. Es war ein Netbook. „Hier liegt allerlei technischer Krimskram rum.“ Sie legte den Minicomputer wieder zurück und ging zu dem Regal mit den Marmeladengläsern herüber. „Das ist unsere Munition.“ erklärte sie mir. „Dies zum Beispiel...“ sie deutete auf ein Glas mit kaum sichtbaren Kapseln darin. „...sind Glaskapseln mit einer ätzenden Säure. Beim Aufprall zersplittern sie und die Säure läuft aus. Oder hier...“ Jetzt wies sie auf ein Glas in dem Kapseln mit einem weißen Pulver lagerten. „Das sind Kapseln mit reinem Magnesium. Sobald sie gegen einen Gegenstand prallen zersplittern sie und es gibt einen gewaltigen Lichtblitz. Damit kann man eine ganze Meute von Schlägern Minuten außer Gefecht setzten.“ Sie durchmaß den Raum mit schnellen Schritten und nahm eines der seltsamen Geräte von der Wand. „Das ist unser ganzer Stolz. Die IFW. Die Improvisierte Faustfeuer Waffe. Sie besteht aus einer Spiralfeder mit einem Schlitten, der Kapseln von der Größe normaler Kugeln Platz bietet. Beim drücken des Abzugs schnellt die Feder nach vorn. Die Geschosse erreichen bis zu 130km/h.“ Sie griff in ihre Tasche und zog mehrere rote Kapseln aus der Tasche. Dann drückte sie einen Knopf an der Hinterseite des „Rohres“. Es sprang ein länglicher schwarzer Kasten von der Größe einer Zigarettenschachtel heraus. Ich vermutete, dass dies das Magazin der Waffe war. Beta-X drückte mehrere der roten Kapseln nacheinander in eine Öffnung an der Unterseite des Kastens. Danach steckte sie den Kasten wieder zurück in das Ende des Rohrs. Schnell zog sie einen Hebel vom Anfang des Rohrs bis etwa zur Hälfte, wo er klackend einrastete. In einer Ecke des Raumes hing ein weißes Blatt Papier. Beta-X richtete die Waffe darauf. Langsam zog sie den Abzug zurück. Plötzlich schoss ein kleiner, roter Gegenstand aus der Mündung des Rohrs, genau auf das Blatt zu. Als der Gegenstand auftraf, gab es ein leises Klirren. Ein roter Klecks prangte mitten auf dem Blatt. „Mit angespitzten Geschossen könnte man einen Menschen töten." Plötzlich wurde mir mulmig zumute. Beta-X hatte mir noch nicht gesagt, worin meine nächsten Aufträge bestehen würden. Beta-X schien meine Gedanken gelesen zu haben, sie grinste: „Keine Angst, bis jetzt waren die IFW erst einmal im Einsatz. Und tödliche Projektile besitzen wir überhaupt nicht." Sie entfernte die Kapseln wieder aus dem Magazin und steckte sie zurück in ihre Hosentasche. „Hast du noch irgendwelche Fragen?" fragte sie. Ich überlegte. Ich hatte eine Menge Fragen, doch irgendwie fühlte ich, dass jetzt nicht der richtige Zeitpunkt dafür war. So beließ ich es bei einem Kopfschütteln. „Gut." Sagte Beta-X und warf einen prüfenden Blick auf ihre Taschenuhr. „Dann können wir schon Mal rübergehen." Sie verließ den Raum. Ich folgte ihr. Hinter mir fiel die Tür klackend ins Schloss. Beta-X ging zur gegenüberliegenden Tür des Raumes. Darüber war ein Schild mit der Aufschrift „Konferenzraum" angebracht. Sie klopfte drei Mal kräftig dagegen, dann öffnete sie die Tür. Ich konnte einen kurzen Blick über ihre Schulter werfen. Ich sah einen großen Saal, in dessen Mitte ein großer gläserner Tisch stand. Am anderen Ende des Raumes befand sich eine weitere Tür. Zwei Meter davor stand ein Schreibtisch, dahinter ein Stuhl. Der Raum erinnerte mich an den Saal, in dem der Bürgermeister und seine Abgeordneten immer ihre Debatten abhielten. Wir hatten in der vierten Klasse mal das Rathaus besucht. Beta-X trat ein paar Schritte in den Raum hinein. Jetzt sah ich, dass an dem Tisch etwa zwanzig schwarzgekleidete Jungen und Mädchen jeglichen Alters saßen. Vor jedem stand ein kleines Schild, auf dem wahrscheinlich ihr Aufgabenbereich stand. Ich las: Informationstechnik Bereich A, B, C, Chemie (Material), Strategische Planung etc. Beta-X setzte sich auf einen Platz, an dem das Schild „SK-X ß" stand. Sie deutete auf den Platz neben sich, der nicht besetzt war. Schweigend setzte ich mich. Niemand sprach. Alle schienen auf etwas zu warten. Langsam verstrichen die Minuten. Dann geschah etwas: Die Tür am anderen Ende des Raumes öffnete sich mit einem knarren, sofort sprangen alle Personen, die am Tisch saßen, auf. Beta-X versetzte mir einen Tritt gegen mein Schienbein. Schnell erhob ich mich ebenfalls. In der Tür stand eine kleine, hagere Gestalt. Sie trug ein schwarzes Hemd und eine schwarze Hose. Seine Haare waren pechschwarz und ordentlich gekämmt. Auf ihrer Nase saß eine verspiegelte Sonnenbrille. Es war ein Junge, ohne Zweifel. Seine Hände steckten in schwarzen Lederhandschuhen. Die Tür schwang hinter ihm zu. „Guten Tag, meine Damen und Herren." Seine Stimme war tief, klar und nüchtern. Er setzte sich auf den Stuhl, der hinter dem Schreibtisch stand. Auch alle anderen Personen im Raum setzten sich wieder. The Brain (ich war mir mittlerweile sicher, dass er es war) hob wieder zu sprechen an: „Wie lautet das Thema der heutigen Sitzung?" Ein Mädchen weiter vorn am Tisch, auf dessen Schild „Archiv und Sekretariat" stand, antwortete: „ Der Spezialeinsatz der Kategorie C. Ziel: Entwendung der Daten (Betreff: Schulzeugnisse Marienschule)." „Benötigte Materialien?" „Vier IFW, Tarnkleidung, technische Unterstützung." „Wie sieht es mit der Koordination aus?" Die Stimme von Alpha-X ertönte. Er saß weiter vorn auf meiner Seite des Tisches, so dass ich ihn nicht sehen konnte. „Wenn sie ihren Blick bitte auf das Wandbild werfen würden..." Plötzlich erlosch das Licht und an der mir gegenüberliegenden Wand erschien eine Projektion. Es war ein verschachteltes System von Rechtecken. Auf dem Bild waren rote Punkte und Pfeile eingezeichnet. Ich erkannte den Grundriss des Schulgebäudes. Alpha-X erklärte: „Wie ihnen bereits aufgefallen sein müsste, ist dies der Grundriss unserer Schule. Die roten Punkte stellen intakte Überwachungskameras dar." Der rote Punkt eines Laserpointers erschien dort, wo sich meiner Meinung nach das Lehrerzimmer befand. „An der Stelle befindet sich unser Hauptproblem: Eine verschlossene Brandschutztür, zu der wir keinen Schlüssel besitzen." „Was schlägst du vor?" fragte The Brain. „Nun, man müsste das Schloss mithilfe von stark ätzender Säure zerstören." antwortete Alpha-X. „Gut, fassen wir zusammen. Was für Material benötigt ihr?" Alpha-X überlegte kurz, doch bevor er etwas sagen konnte, zählte Beta-X auf: „Vier Nachtsichtgeräte, vier Tarnanzüge, vier IWFs, jeweils zwei Magnesiumpatronen, vier Juckpulverkapseln und zwei Narkotika. Dazu die Säure, einen Glasschneider und einen variablen Datenträger." „Danke, Beta-X. Steht euch alles zur Verfügung?" fragte The Brain. Man hörte einige Sekunden nur das Klacken der Tasten von Alpha-Xs Laptop. Dann sagte er: „Uns fehlt nur noch die Säure. Den Rest haben wir." „Gut. Ich denke, Gamma, dafür sind sie zuständig. Haben sie bereits etwas?" Gamma-X überlegte kurz: „Es müsste mit Salpetersäure funktionieren. Allerdings braucht man davon 200ml. Hmmm. Ja, ich glaube, wir haben noch eine kleine Menge davon. Damit müsste es gehen." The Brain sah zufrieden aus. „Dann bliebe noch der Termin zu klären." Alpha-X meldete sich: „Ich denke, übermorgen Nacht haben wir alles startklar. Was meinst du, Gam?" Gamma-X stöhnte resigniert: „Mr. Wir-haben's-mal-wieder-eilig. Es sind noch drei Wochen bis zur Zeugnisvergabe. Kann das nicht bis nächste Woche warten? Ich habe auch nur vier Freistunden in der Woche." „Du wirst doch wohl ein lächerliches Gebräu in zwei Tagen fertig bekommen." Entgegnete Alpha-X. „Nein, werde ich nicht. Das kannst du dir von der Backe putzen. Du hast doch überhaupt keine Ahnung von Chemie." Alpha-X setzte an, etwas zu erwidern, doch The Brain schnitt ihm das Wort ab. Seine Stimme klang in keinster Weise verärgert, doch sie hatte etwas Gebieterisches an sich, dem man nicht zu widersprechen wagte. „Ruhe." Dann wandte er sich an Gamma-X: „Wie lange werden sie brauchen?" Es klang irgendwie komisch, wie The Brain Gamma-X siezte. Diese fasste sich wieder und sagte: „Wahrscheinlich 6-8 Tage. Mir fehlt eine wichtige Substanz. Ich muss versuchen, sie durch eine andere zu ersetzen. Das kann dauern. Außerdem kann ich auch nicht garantieren, dass es ohne diese Substanz überhaupt klappt." „Kannst du dir das Zeug nicht besorgen?" warf Alpha-X ein. Sofort brauste Gamma-X auf: „Hätte ich es dann nicht versucht?" „Ich mein ja nur..." „Gar nichts meinst du!" fuhr sie ihn an. „Bevor du dir überhaupt eine Meinung über meinen Job bildest, solltest du erst mal von deinen beschissenen Bildschirmen loskommen." Alpha-X sprang auf. „Jetzt mach aber mal nen Punkt. Ohne „meine Bildschirme" besäßest du die Hälfte des Krams aus deiner Hexenküche gar nicht." „Den Mist von dir brauch ich überhaupt nicht." fauchte Gamma-X wütend zurück. Plötzlich hieb The Brain mit der Faust auf den Tisch. Jäh verstummten die beiden Streithähne. „Ist es wirklich unmöglich, die entsprechende Substanz möglichst schnell zu bekommen?" fragte er Gamma-X. Sie schüttelte energisch den Kopf, doch dann hielt sie inne. Sie dachte kurz nach, dann sagte sie: „Im Chemielagerraum müsste noch einiges von dem Zeug stehen. Allerdings bewacht Ecker den Schlüssel wie ein Schießhund. Es ist unmöglich da rein zu kommen." The Brain lächelte und wandte sich an Beta-X. „Ist es unmöglich?" Beta-X lächelte zurück. „Natürlich ist es nicht unmöglich. Wie jeder Raum hat dieser Raum eine Tür und wie jede Tür hat diese auch einen Schlüssel." „Sind wir im Besitz dieses Schlüssels?" fragte The Brain. „Leider nicht." antwortete Beta-X. „Aber er lässt sich beschaffen." Ich fragte mich, wie Beta-X das schaffen wollte. Norbert Ecker, einer unserer Chemielehrer bewachte den Schlüssel besser als die Bank von England und war überaus misstrauisch. Er hatte einmal einem Schüler zehn Seiten abschreiben lassen, weil dieser ihn zufällig angerempelt hatte. „Wie schnell können sie den Schlüssel besorgen?" fragte The Brain. Beta-X lächelte: „Morgen Mittag habe ich ihn. Allerdings werde ich einen Mann als Verstärkung brauchen." „Nimm dir wen immer du willst. Alles steht zu deiner Verfügung." Daraufhin stand Beta-X auf. „Dann bitte ich jetzt darum, die Versammlung mit meinem Partner vorzeitig verlassen zu dürfen. Bis morgen ist noch einiges vorzubereiten." „Genehmigt." The Brain wandte sich einigen Zetteln zu, die vor ihm auf dem Tisch lagen. Beta-X griff nach meinem Arm und zog mich von meinem Stuhl hoch. Sie grinste. Wortlos verließ sie mit mir im Schlepptau den Raum.

X

Als sich die Tür hinter uns schloss, atmete ich auf. Der Junge, der sich „das Gehirn" nannte, strahlte eine permanente Kälte und Überlegenheit aus. Auch Beta-X schien erleichtert. „Du musst dich beeilen, damit du rechtzeitig zum Unterricht zurück bist."-„Und was ist mit dir und den Anderen?" wunderte ich mich. „Zerbrich du dir mal darüber nicht den Kopf. Wie du gesehen hast, haben wir Mittel und Wege. Unser gegenwärtiges Projekt ist überaus wichtig. Deswegen bist du auch hier. Normalerweise hätte es Wochen gedauert, bis der alte Delta-X ersetzt worden wäre. Aber wir brauchen unbedingt jemanden, der dieser Aufgabe einigermaßen gewachsen ist." Enttäuschung machte sich in mir breit. Ich war also nur die kurzzeitige Aushilfe. In diesem Moment öffnete sich die Tür, aus der wir gekommen waren und ich blickte in ein wohlbekanntes Gesicht. „André!" entfuhr es mir vor lauter Überraschung. Schnell hielt er mir den Mund zu. „Spy-Fly, zu ihren Diensten." Sagte er, ebenso tonlos wie alle anderen Mitglieder der Organisation, die ich kennengelernt hatte. Beta-X erklärte sein Hiersein: „Er geht mit dir zurück zur Schule. Nicht, dass du dich noch im Wald verläufst." Sie verabschiedete sich kurz, dann verschwand sie durch eine der vielen Türen. Zurück blieben nur noch ein Duft nach Parfum und eine fahle Erinnerung.

X

André schritt zur Ausgangstür und machte mir mit einem Wink verständlich, ihm zu folgen. Nach wenigen Sekunden standen wir wieder im Wald. André ging zielstrebig auf einen Pfad zu, der im grünen Dickicht schwer zu erkennen war. Ich lief ihm hinterher. Auf dem Rückweg beobachtete ich ihn. Er sah gehetzt aus, die Haare klebten ihm an der Stirn. In diesem Augenblick kam er mir total fremd vor. Ich suchte den ruhigen, ausgeglichenen André, der mein Freund war, doch ich fand ihn nicht. Den ganzen Weg über sprach keiner von uns ein Wort; Er begleitete mich noch bis zu dem Tor, hinter der Aula, dann verabschiedete er sich hastig und verschwand im Wald.

X

Ich kam rechtzeitig zur fünften Stunde in den Klassenraum. Der Lehrer war noch nicht da, deshalb herrschte in der Klasse Chaos pur. Seltsam war nur, dass niemand sich darum scherte, wo ich gewesen war. Das kam mir sehr gelegen, trotzdem wunderte ich mich. Vorsichtshalber warf ich einen Blick ins Klassenbuch, das allem Chaos zum Trotz ruhig und ordentlich auf dem Lehrerpult lag. Kein Eintrag – Nichts. Ich ging deshalb zu einem meiner Klassenkameraden. Leon saß auf dem Lehrerpult und versuchte gerade, mit dem Tafelschwamm die Wasserflasche zu treffen, die auf einer Fensterbank auf der anderen Seite des Raumes stand. Als er das feuchte Objekt vergeblich geschleudert hatte, brachen seine vier Zuschauer in vergnügtes Johlen aus und einer der Jungen lief hinüber, um den Schwamm zurückzuholen. Es handelte sich dabei um ein Spiel: Wer es schaffte, die Flasche zu treffen, erhielt von seinen Mitspielern je 5 Cent, kein allzu hoher Einsatz, doch wenn man gut war, konnte man in einer Fünfminutenpause gut einen Euro verdienen. „Hey, Leon." Er sah sich zu mir um. „Hey, Ben. Was geht, Mann?" - „Hat Bohne nicht vorhin einen Riesenaufstand fabriziert, als ich nicht da war?" Bohne nannten wir unseren Chemielehrer, weil er einmal einen Schüler dazu verdonnert hatte, den Boden des gesamten Chemietraktes, der immerhin vier

Klassenräume umfasste, frisch zu wachsen. „Nö, glaube, der hat das gar nicht mitgekriegt…" nuschelte Leon zurück. Verwunderte setzte ich mich auf meinen Platz und bereitete mich (rein geistig natürlich) auf die nächste Unterrichtsstunde vor.

X

Auch der Rest des Tages brachte keine weiteren Aufschlüsse. Ich konnte nur mit Spannung auf den nächsten Tag warten. Früh am nächsten Morgen erreichte ich die Schule. Als ich das gusseiserne Tor passierte, welches das Schulgelände als „Ort der Bildung und der Lehr" auswies, wie es seit bestimmt hundert Jahren in den Sandstein der angrenzenden Mauer gemeißelt war, stand plötzlich Beta-X vor mir. Beinahe hätte ich sie nicht erkannt; sie trug einen neongrünen Pullover, ihre schwarzen Haare waren zu einem Zopf geflochten. Außerdem trug sie ausnahmsweise mal keine Sonnenbrille. Ich warf einen kurzen Blick auf meine Uhr. Noch zehn Minuten bis Unterrichtsbeginn. Beta-X führte mich zu einer Bank, auf der eine Schultasche lag. Nachdem wir uns kurz begrüßt hatten, kam sie schnell zur Sache: „Ich habe bereits einen Plan, wie wir an den Schlüssel vom Paffke rankommen." „Paffke" wurde so genannt, weil er ununterbrochen, selbst im Unterricht, eine Zigarre im Mund hatte. Zwei mal war er deshalb schon fast von der Schule geflogen. Das eigentliche Problem Paffkes war aber nicht, dass er rauchte, sondern, dass er Chemie gab. Es war schon einige Male passiert, dass irgendeine chemische Substanz mit dem nikotinhaltigen Rauch seiner Zigarre extrem reagiert hatte. Ein anderes Mal hatte er versehentlich einen brandgefährdeten Stoff mit seiner Zigarre in Brand gesetzt. Paffke, eine Kombination aus Zigarrenraucher und Chemielehrer war als brandgefährlich zu betrachten. Denn wie rücksichtslos er sich im Chemieunterricht gebärdete, so brutal ging er mit Schülern um, die ihm nicht passten. Und besonders allergisch reagierte er auf vermeintliche Versuche, ihm seinen Schlüssel zu stehlen. Beta-X fuhr fort: „Es ist ganz einfach, aber nicht minder gefährlich. Ich werde ihn, unter einem Vorwand, dazu überreden, mit mir in das Chemielager zu gehen. Er wird den Schlüssel aus seiner Tasche nehmen und diese auf dem Gang stehen lassen. Dann packst du dir die Tasche und versteckst sie irgendwo. Wenn Paffke wieder mit mir aus dem Lager rauskommt, merkt er, dass seine Tasche weg ist. Er kann seine Schlüssel nicht wie gewohnt in die Tasche packen. Garantiert lässt er den Schlüssel irgendwo liegen…" Das könnte funktionieren dachte ich. „Wann soll die Sache steigen?" – „Wenn es dir recht ist, in der großen Pause." Beta-X zog aus der Schultasche, die auf der Bank lag, ein Paar Kopfhörer und reichte sie mir. „Die kannst du an deinem Handy anschließen. So sieht es aus, als hörtest du Musik." Das war nichts Besonderes. Fast jeder zweite Schüler der Schule lief mit Knöpfen im Ohr durch die Gegend. „Ich werde ein kleines Mikrofon mitnehmen, sodass du hören kannst, wann wir das Lager wieder verlassen." Damit war alles gesagt und wir gingen in unsere jeweiligen Klassenräume.

X

Während des Unterrichts fieberte ich ungeduldig der großen Pause entgegen. André musste meine Nervosität bemerkt haben, denn mitten in der Biologiestunde fragte er mich plötzlich: „Bist du verknallt oder was?" Frau Rademacher warf einen bösen Blick zu uns herüber. Sie war unsere Biologielehrerin und hielt gerade einen Vortrag über irgendwelche Impulse im menschlichen Gehirn. Die Biologiestunde war die letzte Stunde vor der großen Pause. Die Vielzahl der Biologiestunden lief nach demselben Schema ab: Frau Rademacher hielt vierzig Minuten lang einen totlangweiligen Vortrag und diktiert uns die restlichen fünf Minuten das, was sie die vorigen vierzig erzählt hatte. So lief die Stunde auch heute wieder ab. Dass ihr offensichtlich niemand zuhörte, schien Frau Rademacher überhaupt nicht zu stören. Die ständige Monotonie und die gewaltige Langeweile steigerten meine Nervosität ins Unermessliche. Ich sah aus dem Fenster. Die Biologieräume lagen im Erdgeschoss und man konnte von drinnen den Schulgarten beobachten, indem sich vielfältiges Getier tummelte. Ein Eichhörnchen saß auf einem Baum und nagte an einer Haselnuss, die es fest in den kleinen Pfötchen hielt. Es sah so aus als beobachte es den Unterrichtsraum und amüsierte sich königlich.

X

Irgendwie schaffte ich es, heile den Rest der Stunde zu überstehen. Mit dem Pausengang machte sich Erleichterung im Klassenraum breit. Jeder stürmte, so schnell er konnte, nach draußen. Ich allerdings hatte ein anderes Ziel: den Chemietrakt. Auf dem Weg zog ich mein Handy aus der Tasche und setzte mir die Kopfhörer auf. Der Chemietrakt war ein langer Flur, von dem drei Kursräume, das Lager und ein weiterer Raum abzweigten. Ich stellte mich so unauffällig wie möglich neben die Tür eines Kursraumes. Nach zwei Minuten hörte ich plötzlich Beta-X Stimme über die Kopfhörer: „Ich bin jeden Moment da." Da öffnete sich eine der Türen am anderen Ende des Ganges. Paffke trat heraus. Er war ein Mann von Mitte fünfzig, kräftig gebaut und von leicht untersetzter Statur. In seiner Hand hielt er eine schwarze Aktentasche und in seinem Mundwinkel glomm eine dicke Zigarre vor sich hin. Er warf einen misstrauischen Blick in meine Richtung. Ich versuchte, so natürlich wie möglich auszusehen und widmete mich mit großem Interesse der Betrachtung meiner Fingernägel. Aus den Augenwinken sah ich, wie Paffke die Tür abschloss und sich anschickte, die Glastür, die ins angrenzende Treppenhaus führte, zu öffnen. Plötzlich stand Beta-X vor ihm. Über die Kopfhörer hörte ich, wie sie ihn begrüßte und sofort in ein Gespräch verwickelte. Nach wenigen Sekunden schon, zog Paffke seinen Schlüssel wieder aus der Tasche und öffnete die Tür. Die Aktentasche hatte er einfach im Gang stehen lassen. Beta-X ging in den Unterrichtsraum hinein. Paffke folgte ihr. Hinter ihnen fiel die Tür krachend ins Schloss. Während ich über die Kopfhörer das Gespräch der beiden verfolgte, lief ich zügig auf die Tasche zu. Ich nahm sie an mich und überlegte: Wohin jetzt damit?! Da kam mir eine Idee. Der gesamte Chemietrakt war mit einer Belüftungsanlage ausgestattet. Überall waren in den Wänden kleine Klappen eingelassen. Dahinter befand sich ein Rohr. Diese Klappen dienten dazu, den Zustand des Belüftungssystems zu überprüfen, was einmal im Monat geschah. Ich lief zu einer der Klappen und öffnete sie. Dahinter lag ein kleiner Hohlraum, durch den mehrere armdicke Rohre liefen. Schnell stellte ich die Aktentasche hinein. Dann schloss ich das Fach wieder. Hier würde Paffke bestimmt nicht suchen. Erst bei der nächsten Lüftungskontrolle würde sie wieder auftauchen. Das wäre frühestens in zwei Wochen. Paffke würde alles für einen dummen Jungenstreich halten und niemand würde etwas bemerken. Ich konzentrierte mich wieder auf das Gespräch von Beta-X und Paffke. Es hörte sich so an als neige sich das Gespräch dem Ende zu. Ich beschloss mich schleunigst aus dem Staub zu machen. Ich ging hinaus auf den Schulhof und stellte das Touchhandy aus. Jetzt musste ich nur noch auf Beta-X warten.

X

Schon nach drei Minuten stand sie vor mir und lächelte triumphierend. In ihrer Hand hielt sie Paffkes Schlüsselbund.

X

Am nächsten Tag nach der Schule ging ich direkt zum Organisationshauptquartier. Ich hatte meiner Mutter erzählt, ich träfe mich mit André. Das stimmte sogar. Ich traf mich mit ihm neben der Aula, dann gingen wir gemeinsam durch den Wald. Noch besaß ich weder den Schlüssel, noch die Zahlenkombination zu einer der beiden Türen, deshalb hatte ich ohne André oder Beta-X keine Möglichkeit, in das Hauptquartier zu kommen. André öffnete beide Türen und zum zweiten Mal stand ich in dem Raum mit den vielen Türen. Nun kam er mir nicht mehr so einschüchternd vor, da ich bereits wusste, was hinter den Türen lag. Beta-X erschien nach wenigen Minuten, sie trug immer noch die Kleidung vom Vortag, was sie von den weißen Wänden des Raumes seltsam abhob. Mit ihr kam Alpha-X, schwarz gekleidet und mit ausdruckslosem Gesicht wie immer. Nach einer kurzen Begrüßung gingen wir zusammen in den Konferenzraum. Heute saß niemand mehr an den Tischen. Wir setzten uns: Alpha-X saß mir und Beta-X gegenüber. „Wo bleibt Gam?“ fragte Alpha-X ungeduldig. Man sah ihm an, dass er ihr nicht gerade wohl gesonnen war. Ich erinnerte mich an ihren Streit vor zwei Tagen und grinste in mich hinein. Da wurde die Tür geöffnet und Gamma-X trat ein. Sie trug einen weißen Kittel und sah ziemlich gestresst aus. „Na endlich. Wir warten hier schon seit…“ Weiter kam er nicht, denn Beta-X hatte ihn mit einer energischen Geste zum Schweigen gebracht. „Guten Morgen Gam.“ sagte sie „Du bist spät.“ „Die Arbeiten an der Säure nehmen sehr viel Zeit in Anspruch.“ entschuldigte sie sich. „Meine Mitarbeiter und ich haben alle Hände voll zu tun, wenn wir das Zeug bis Morgen fertig haben wollen.“ „Gut, ist auch nicht wichtig… Aber ihr seid euch sicher, dass ihr es bis Morgen schafft?“ - „Ganz sicher.“ „Sehr schön. Dann können wir ja endlich aufhören, uns über Nebensächlichkeiten den Kopf zu zerbrechen.“ Beta-X warf einen verächtlichen Seitenblick auf Alpha, der widerwillig grunzte. Irgendwie schien er keinen Gefallen am Geschehen zu finden. Jetzt hob er eine flache Aktentasche auf, die neben dem Tisch gestanden hatte, und legte sie auf den Tisch. Darin befand sich ein Laptop. Er klappte es auf und begann, auf verschiedenen Tasten einzutippen. Es war mir immer noch schleierhaft, wie die Organisation den ganzen technischen Krimskrams bezahlen konnte. Plötzlich kam mir ein weiterer Gedanke: woher stammte der Strom, der die unzähligen Maschinen speiste? Vor wenigen Stunden noch war ich der Meinung gewesen, als Angehöriger einer Spezialeinheit der Organisation so ziemlich in alles eingeweiht worden zu sein. Jetzt war ich vom genauen Gegenteil überzeugt. Da unterbrach Alpha-X meine Gedanken. „Das hier ist ein Plan des gesamten Schulgeländes.“ Er schob den Laptop in die Mitte des

Tisches, sodass alle den Bildschirm sehen konnten. Darauf war ein Geflecht aus schwarzen Linien zu erkennen, das an mehreren Stellen beschriftet war. Bei genauerem hinsehen konnte man den Grundriss der Schule, der Sporthalle und der näheren Umgebung erkennen. Eine rote Linie zog sich quer durch das Bild, unterbrochen von mehreren Kreuzen. Alpha-X deutete auf die rote Linie: „Das ist die Route, der wir folgen müssen." Er begann, sie mit dem Finger abzufahren. Sie kam aus dem Wald, in dem sich das Hauptquartier befand, verlief quer über den Schulhof zu einer Stelle, wo sich wahrscheinlich ein Fenster oder eine Tür befand. „An dieser Stelle, " sagte Alpha-X, „befindet sich ein Fenster, sieben Millimeter dicke Scheiben. Das besondere daran ist, dass dieses Fenster als einziges nicht alarmgesichert ist. Wir haben vor ein paar Tagen das Sicherheitssystem an dieser Stelle außer Kraft gesetzt. Seitdem wurde es noch nicht kontrolliert, das heißt niemand weiß, dass es ausgeschaltet ist. Wir werden nach unserem Einstieg das System wieder aktivieren. Das System schlägt auf diese Weise keinen Alarm." Beta-X grinste. „Was ist daran so lustig?" „Ich bin gespannt wie die Herren Lehrer darauf reagieren. Ein Loch in der Scheibe, das Alarmsystem in bestem Zustand und nichts fehlt." „Wie dem auch sei…" fuhr Alpha-X fort. „Nachdem wir eingestiegen sind, gehen wir zum Lehrerzimmer. Allerdings sind hier, hier und hier Kameras installiert." Er wies mit dem Zeigefinger seiner rechten Hand auf drei Kreuze, die in regelmäßigen Abständen auf der roten Linie platziert waren. Rundherum war ein Bereich rot schattiert. Ich vermutete, dass dies der Raum war, den die jeweilige Kamera erkennen konnte. Alpha-X bestätigte diese Vermutung. Das Problem waren weniger die Kameras, als die Aufnahmen die diese machten. Sie wurden automatisch zum Hausmeisterbüro gesendet. „Wäre es nicht möglich, ins Hausmeisterbüro einzudringen und die Daten wieder zu löschen?" fragte ich. „Daran haben wir auch schon gedacht, aber Alpha-X ist der einzige, er sich gut genug mit Computern auskennt um sowohl den Rechner im Lehrerzimmer, als auch den im Hausmeisterbüro zu knacken." entgegnete

Beta-X. „Wir brauchen ihn im Lehrerzimmer." „Können wir nicht einfach an den Kameras vorbei marschieren?" fragte Gamma-X. „Wenn wir nicht gerade hineingrinsen, erkennt uns doch kein Mensch." „Natürlich funktioniert das…" Die kalte Stimme zerschnitt die Luft und lies die Atmosphäre augenblicklich erstarren. Ich erkannte sie sofort. Sie gehörte ihm. The Brain. „Aber das widerspricht weiteren Plänen." Er stand in der Tür hinter dem Schreibtisch am Kopfende des Saales. Wie schon beim letzten Mal trug er eine verspiegelte Sonnenbrille. Sie glänzte unter der schwarzen Kapuze, die den Rest seines Gesichts im Dunkeln hielt. Seine Hände steckten in schwarzen Lederhandschuhen. Er ging um den Tisch herum, elegant und trotzdem scheinbar jederzeit bereit, loszusprinten. Die Hände hatte er vor der Brust verschränkt, was den Eindruck von Trotz und Hochmut noch verstärkte. „Wie kommen sie voran?" fragte er, ohne sich lange mit Begrüßungsfloskeln aufzuhalten. Er stand jetzt keine zwei Schritte von mir entfernt. Ich fröstelte. Es blieb still. Die plötzliche Präsenz dieser Kälte schien die Personen im Raum eingefroren zu haben. Da erwachte Alpha-X aus seiner Starre. Ebenso gefühllos und monoton antwortete er: „Wir treffen gerade die letzten Vorbereitungen. Es ist sehr schwierig, die Kameras auszutricksen und…" – „Das ist mir egal." Unterbrach ihn The Brain mit einem scharfen Unterton. „Sie sind nicht umsonst einer der besten Leute, Alpha-X, ich verlange, dass sie diese Aufgabe bewältigen, und das werden sie auch." Die Feststellung duldete keinen Widerspruch. Als wäre damit alles gesagt, verfiel er in tiefes Schweigen. Niemand traute sich, etwas zu sagen, geschweige denn, sich zu bewegen. Nach einigen Sekunden erwachte er wieder zum Leben. The Brain verließ ohne ein weiteres Wort den Saal, auf demselben Wege, auf dem er gekommen war. Ich hatte das Gefühl, als wäre ich soeben nur knapp dem Tode entronnen.

X

Es brauchte Minuten, damit die ursprüngliche Stimmung wiederhergestellt war und selbst dann lastete noch ein bedrückender Rest auf allen Anwesenden, ein unsichtbarer Schatten, der einfach nicht verschwinden wollte. Wir besprachen, wie wir in der nächsten Nacht vorgehen würden. Danach ging ich erschöpft von der Anspannung nach Hause.

X

An diesem Abend ging ich früh schlafen. Am nächsten Abend würde ich die Energie brauchen. Trotzdem lag ich noch lange Zeit wach und dachte nach. Ich hatte mir noch nicht überlegt, wie ich am nächsten Abend „außer Haus“ gelangen konnte. Ich würde wohl oder übel heimlich über den Baum vor meinem Fenster „aussteigen“ müssen. Dies hatte ich bereits einige Male getan, als ich heimlich nachts mit Freunden ins Kino gegangen war. Trotzdem hatte ich kein gutes Gefühl bei der Sache. Absurder Weise hatte ich mehr Angst davor, von meinen Eltern beim Verlassen des Hauses erwischt zu werden, als davor, beim Einbruch in die Schule erwischt zu werden. Dann schließlich gegen ein Uhr morgens dämmerte ich in einen tiefen traumlosen Schlaf.

X

Am Morgen darauf verlief alles ganz normal. Ich schaffte es sogar, dem Mathematikunterricht etwas Aufmerksamkeit zukommen zu lassen, doch dieses seltene Ereignis währte nicht lange, nach einer halben Stunde wendete ich mich resigniert wieder der Biologie zu, die vor mir auf dem Tisch lag. Ich begriff sowieso kein Wort von dem, was mein Mathematiklehrer von sich gab. Wenigstens schien es mir nicht allein so zu gehen. Die anderen Schüler schauten ebenso verständnislos drein wie ich.

X

Als ich am Nachmittag nach Hause kam, stand das Essen bereits auf dem Tisch: Rinderrouladen und Kartoffelpüree, das Lieblingsessen meines Vaters. Dieser saß auch schon ungeduldig am Tisch und wartete.

X

Den Rest des Tages vertrieb ich mir mit Fußballspielen, Musikhören und Hausaufgaben machen.

X

Dann wurde es Abend. Ich ging früh zu Bett, meine Kleidung und Ausrüstung lag unter meinem Bett griffbereit. Meinen Wecker legte ich unter mein Kopfkissen und stellte ihn auf null Uhr dreißig. Um ein Uhr war ich mit den anderen auf dem Schulhof verabredet. Jetzt hieß es warten.

X

0.00Uhr
Ich schreckte aus dem Schlaf hoch. Ich brauchte einige Sekunden, um zu begreifen, warum mein Kopfkissen vibrierte. Schnell griff ich darunter und schaltete den Wecker aus. Ich stieg aus dem Bett und zog meine Kleidung unter dem Bett hervor. Ich zog mich an, darauf bedacht kein Geräusch zu verursachen.

0.15Uhr
Vorsichtig öffnete ich das Fenster. Draußen war es dunkel, nur der Mond tauchte die Szenerie in ein gespenstisches Licht. Gierig sog ich die kühle Nachtluft ein.

0.20Uhr
Ich befand mich auf dem Weg zur Schule. Auf meinem Rücken trug ich einen schwarzen Rucksack in dem ich meine Ausrü-

stung verstaut hatte: Nachtsichtgerät, Werkzeug und eine IFW sowie genügend Munition.

0.55Uhr

Ich erreichte den Schulhof. Als ich gerade das große Tor am Schuleingang passieren wollte, hörte ich Stimmen. Die Personen schienen mitten auf dem Schulhof zu stehen oder zu sitzen. Ich schlich leise durch das Tor hindurch. Es lag im Schatten des Schulgebäudes, sodass mich, wie ich hoffte, niemand sehen konnte. In der Mitte des Schulhofes standen mehrere Jugendliche, etwa sechzehn bis neunzehn Jahre alt. Ich versuchte sie zu zählen, doch es lies sich nicht ausmachen, wie viele es waren. Ratlos überlegte ich, was ich jetzt tun sollte. Wir konnten nicht vor aller Augen in die Schule einsteigen. Plötzlich spürte ich eine Hand auf meiner Schulter. Ich wollte schreien, doch eine zweite Hand hielt mir den Mund zu. „Still!“ flüsterte eine Stimme. Erleichtert entspannte ich mich. Es war die Stimme von Alpha-X. „Ist Beta schon hier?“ fragte er. „Hab sie noch nicht gesehen.“ Alpha-X fluchte.“Gut dann müssen wir`s zu zweit anpacken.“

1.00Uhr

In der Ferne schlug eine Turmuhr laut ein Mal. Die Jugendlichen hatten sich nicht vom Fleck bewegt. Ich kauerte zwischen den Büschen auf der dem Tor entgegengesetzten Seite des Schulhofes. Mir war etwas mulmig zumute, doch eigentlich konnte mir nichts passieren. In der Hand hielt ich eine IFW, geladen mit Magnesiumkapseln. Ich hatte maximal drei Schuss zur Verfügung. Das musste reichen. Langsam hob ich die Waffe, dann blickte ich auf meine Uhr. Noch dreißig Sekunden. Neunundzwanzig, achtundzwanzig, siebenundzwanzig, sechsundzwanzig. Mir lief ein kalter Schauer den Rücken hinunter. Drei Personen standen in etwa zwanzig Meter Entfernung und unterhielten sich. Fünfundzwanzig, vierundzwanzig, dreiundzwanzig, zweiundzwanzig. Zwei weitere standen etwas abseits. Ich schätzte, dass ich mindestens zwei Projektile benötigen würde. Einundzwanzig, zwanzig, neunzehn, achtzehn. Also mindestens fünf Personen. Ich wusste nicht, wie schnell Alpha-X schießen konnte. Siebzehn, sechszehn, fünfzehn, vierzehn. Und wenn ich daneben schoss? Oder die Kapsel nicht reagierte? Dreizehn, zwölf, elf, zehn. Ich war in Schweiß gebadet. Die Waffe in meiner Hand zitterte. Neun, acht, sieben, sechs. Noch fünf Sekunden. Gleich. Jetzt. Auf die Sekunde genau drückte ich den Abzug durch. Gleich darauf erschien ein greller Lichtblitz, mitten in der Gruppe der drei Personen. Ein zweites Mal drückte ich den Abzug. Wieder erschien ein greller Lichtblitz; Diesmal nicht weit entfernt. Im Augenwinkel hatte ich im Licht des Blitzes eine weitere, Person ausgemacht. Ich feuerte ein drittes Mal, in die Richtung, wo ich mehrere scharfe Pfiffe wahrnahm, dann das dumpfe Aufschlagen mehrerer Körper. Ich lud meine IFW nach und sprang aus dem Gebüsch. Als nichts geschah, aktivierte ich das Nachtsichtgerät in meiner linken Hand und setzte es auf. Das Gelände wurde vor meinen Augen in ein grünliches Licht getaucht. Vorsichtig um mich schauend näherte ich mich der Mitte des Schulhofes.

1.05Uhr
Die Körper lagen reglos am Boden. Das Schlafmittel hatte seine Wirkung getan. „Hier ist niemand mehr, der noch stehen kann." rief ich. Alpha-X kam hinter einer Mülltonne neben dem Schultor zum Vorschein. Auch er hielt eine IFW in seiner Hand, allerdings ähnelte sie mehr einem Gewehr als einer Pistole. Auch er trug ein Nachtsichtgerät. Jetzt klappte er die Apparatur zusammen und befestigte sie an seinem Gürtel. Das Nachtsichtgerät behielt er auf. Plötzlich nahm ich hinter ihm unter dem Torbogen zwei Gestalten wahr. Ich riss meine IFW hoch und richtete sie auf die Unbekannten, Alpha-X sprang zurück hinter die Mülltonne und ehe ich irgendetwas tun konnte, hatte er bereits seine IFW im Anschlag. Die beiden Personen kamen näher. Zu meiner Erleichterung erkannte ich Beta- und Gamma-X.

1.15Uhr

„Wir haben Zeit verloren mit der Aktion von vorhin." Bemerkte Alpha-X. Beta stand mit einem Glasschneider in den Händen vor einem der Fenster. Als die stählerne Klinge zu rotieren begann, traten wir alle einen Schritt zurück. Fein säuberlich durchtrennte Beta-X das Glas, wenige Millimeter vom Fensterrahmen entfernt. Als die Scheibe nur noch an einem kleinen Stück Glas fest war, sprang Alpha-X hinzu und packte einen Griff, der mit Saugnäpfen an der Scheibe befestigt war. Dann schnitt Beta-X die Scheibe gänzlich heraus. Vorsichtig nahm Alpha-X die Glasplatte heraus und stellte sie neben sich ab. Dann löste er behutsam den Griff von der Scheibe.

1.20Uhr

Alpha-, Beta-, Gamma-X und ich standen in einem langen Korridor. Ich war diesen Korridor unzählige Male bei Tag hinauf und hinab geschritten, doch noch nie in völliger Dunkelheit und bei Nacht. Zum Glück ermöglichte mir das Nachtsichtgerät zu sehen wie bei Tag. Beta-X starrte auf ihre Uhr. Sie war die einzige, die kein Nachtsichtgerät trug. Sie drückte einige Knöpfe, bis schließlich die Uhr dreimal piepste. „Okay", flüsterte sie, "Sie sind aus."

1.25Uhr

Wir standen vor der verschlossenen Brandschutztür des Lehrerzimmers. Gamma-X kramte ein Glasfläschchen aus ihrem Rucksack. Beta-X reichte ihr eine hauchdünne Blechplatte, etwa zwei Mal vier Zentimeter groß. Alpha-X stand derweil mit dem Rücken zu uns und seiner IFW im Anschlag.

1.30Uhr

Geräuschlos schwang die Tür zurück. Ich hielt wieder meine IFW in der Hand. Alpha-, Beta- und Gamma-X betraten den Raum. Ich sicherte die Tür ab. Hinter mir hörte ich, wie Alpha-X sich an einem der Computer zu schaffen machte.

1.33Uhr
Plötzlich stutzte ich. Waren da eben nicht Schritte gewesen? Ich schloss die Tür zu dreiviertel und spähte durch den schmalen Spalt. Die Schritte wurden lauter. Schnell gab ich den anderen ein Zeichen. Beta-X packte ihre IFW und kam zu mir. Die Schritte kamen aus dem Korridor, in dem wir das Fenster geöffnet hatten. Ich hörte genauer hin. Es schienen zwei Personen zu sein. Jetzt sagte die eine etwas, doch ich verstand nicht was, da Alpha-X zu mir trat und flüsterte: „Die kommen uns wie gerufen." Er zog ein Touchhandy aus der Tasche und tippte darauf herum. Die Schritte kamen immer näher. „Wenn sie die Tür des Korridors öffnen, verpasst ihr ihnen eine Ladung Schlafmittel. Oder besser zwei. Bet nimmt den ersten, du den zweiten!" In diesem Moment öffnete sich die Tür. Beta-X feuerte zweimal und die Gestalt im Türrahmen kippte bewusstlos nach hinten. Für Sekundenbruchteile nahm ich hinter ihr eine zweite Gestalt wahr, die sofort wegrannte. Ich stürmte hinterher, setzte über den reglosen Körper der ersten Gestalt hinweg und feuerte blind in die Dunkelheit am Ende des Ganges.

1.35Uhr
Wir standen wieder vor dem geöffneten Fenster. Alpha-, Beta-, Gamma-X und ich. „Vorschlag: Wir hauen ab, lösen den Alarm aus und lassen den Kerl hier. Dann sieht es so aus, als ob die beiden Typen hier eingebrochen wären." sagte Gamma-X „Und was ist mit dem Narkotikum, das wir dem einen verpasst haben?" fragte Beta-X. „Der andere könnte es ihm doch verpasst haben..." Jetzt meldete sich Alpha-X zu Wort, der die ganze Zeit fieberhaft auf seinem Touchhandy getippt hatte: „Ich werde euch sagen, was wir jetzt tun werden." Er ließ das Gerät wieder in seiner Hosentasche verschwinden. „Bet, Gam, ihr bleibt hier und bewacht den Ausgang. Delta, du kommst mit mir." Er löste seine IFW vom Gürtel. „Sollte der Alarm ausgelöst werden, verschwindet ihr sofort und wartet im Hauptquartier auf uns." Jetzt setzte er sein Nachtsichtgerät auf. Wir schwiegen uns einen Moment lang an, dann begannen wir mit

der Suche.

1.45Uhr
Die nicht enden wollenden Flure der Schule waren menschenleer. Wir waren einige Minuten auf der Suche, doch es zeigte sich nicht der Hauch einer Spur. Gerade schlichen wir lautlos durch einen der Gänge, als ich ein Geräusch hörte. Ich hielt inne und lauschte. Nichts. Auch Alpha-X war stehengeblieben. Er schaute mich fragend an, doch ich horchte weiter in die Finsternis hinein. Da. Da war es wieder: Ein gedämpftes Schluchzen drang an mein Ohr. Alpha-X schien es auch gehört zu haben; er schlich langsam in die Richtung, aus der das Geräusch kam. Plötzlich wurde die Tür des Raumes am Ende des Ganges aufgerissen und ein dunkler Schatten stürzte heraus. Die Gestalt riss die Tür des Ganges auf und rannte hindurch. Ich sprintete ihr nach, hinter mir Alpha-X. Ich riss die Tür auf. Vor mir lag das Treppenhaus, das die verschiedenen Stockwerke miteinander verband. Deutlich hörte ich schnelle Schritte. Alpha-X bedeutete mir, die Treppe hinabzusteigen, er selber stürmte in die entgegengesetzte Richtung.

1.50Uhr
Blindlings rannte ich die Treppe hinab, bis ich im Erdgeschoss angekommen war. Die Schritte waren immer noch deutlich zu hören. Eine der Türen, die in die einzelnen Flure führten, stand offen. Ich rannte hindurch. Am Ende des Ganges sah ich eine dunkle Gestalt. Sie rannte panisch immer weiter, scheinbar völlig orientierungslos. Ich beschleunigte mein Tempo, langsam kam die Gestalt näher. Im Laufen feuerte ich mehrmals meine IFW ab, allerdings ohne Erfolg und mit dem Ergebnis, dass der Flüchtling nun noch schneller rannte als zuvor. Dann war der Gang zu Ende. Die Gestalt riss eine der Türen auf und stürzte in den dahinterliegenden Raum.

1.51Uhr
Ich horchte an der Tür. Stille. Der Raum war vor drei Jahren

mein Klassenraum gewesen, deshalb wusste ich wenigstens ungefähr, wie er aussah. Ich zückte meine IFW und stieß die Tür auf. In diesem Moment sauste ein hölzerner Stuhl auf meinen Fuß herab. Ein pochender Schmerz durchfuhr mein Sprunggelenk. Mit einem Sprung setzte ich in den Raum hinein, wollte abfedern, doch ich knickte mit dem rechten Fuß weg. Unfähig, wieder aufzustehen, geschweige denn zu laufen, feuerte ich in die Richtung, in der ich den Jugendlichen vermutete.

1.55Uhr
Stille. Nicht das leiseste Geräusch. Halt! Schwaches Atmen, irgendwo neben der Tür. Ich musste ihn getroffen haben. Jedenfalls gab er keinen Laut mehr von sich. Ich versuchte mich aufzurichten, doch ein stechender Schmerz durchzuckte meinen Fuß, als ich ihn belasten wollte. Das Nachtsichtgerät war bei dem Sturz zu Boden gefallen; mich umgab tiefe Finsternis. Neben mir erkannte ich schemenhaft das Lehrerpult. Mühsam zog ich mich daran hoch und setzte mich darauf. Durch das Fenster fiel schwaches Mondlicht, gerade genug um die Gegenstände im Raum wenigstens umrisshaft erkennen zu können. Neben der Tür lag der Jugendliche, bewusstlos. Ich zerrte mein Touchhandy aus der Tasche und tippte eine Nummer.

1.59Uhr
Beta-X stand im Türrahmen und sah sich um. Kurzerhand kam sie zu mir herüber. Hinter ihr betrat Alpha-X den Raum. „Kannst du laufen?“ fragte Beta. Behutsam setzte ich den schmerzenden Fuß auf. Wieder durchflutete ihn ein scharfes Pochen, dieses Mal allerdings nicht so stark. Ich humpelte hinüber zur Tür und lehnte mich gegen die Wand. Alpha-X betätigte den Lichtschalter. Jetzt erst wurde das gesamte Ausmaß der Verwüstung sichtbar: Tische waren Umgefallen, ein Blumentopf vom Fensterbrett gefallen und Überreste eines zerbrochenen Stuhls lagen herum. „Los, wir müssen uns beeilen, sonst wachen die Typen draußen bald wieder auf.“

2.05Uhr
Wir gingen im Schneckentempo zurück zum geöffneten Fenster. Alpha-X hatte sich den bewusstlosen Jungen auf den Rükken geladen und Beta-X stützte mich, so gut es ging. Bei anderer Gelegenheit hätte ich diesen Umstand begrüßt, doch jetzt fühlte ich mich einfach nur elend. Ich war müde, fror und mein Fuß schmerzte fürchterlich.

2.20Uhr
Endlich erreichten wir den „Ausgang". Gamma-X wartete schon. Wie die anderen beiden mir erzählt hatten, hatte sie bereits sämtliche schlafenden Jugendlichen vom Schulgelände entfernt. So stellte sich heraus, dass die beiden Jungen, die im Gebäude gewesen waren, zwei von denen auf dem Schulhof gewesen sein mussten. Wahrscheinlich hatte das Schlafmittel bei ihnen nicht gewirkt. Wir schleiften den letzten Jugendlichen runter vom Schulhof, an einer Straßenecke unter einer Laterne legten wir ihn ab. Beta- und Gamma-X setzten derweil das Fenster wieder ein. Mein Fuß schmerzte nun nicht mehr so stark, sodass ich wieder ohne Hilfe laufen konnte. Wir verabschiedeten uns und gingen nach Hause.

2.40Uhr
Endlich kam ich zu Hause an. Die Schmerzen in meinem Fuß waren weiter abgeklungen. Das Gelenk war tief blau angelaufen, doch mehr als einen Bluterguss schien ich mir nicht zugezogen zu haben, Nachdem ich mich meiner Kleidung entledigt und meine Ausrüstung verstaut hatte, legte ich mich erschöpft ins Bett.

X

Der nächste Tag war ein Samstag. Ich war um zwölf Uhr mit Alpha-, Beta- und Gamma-X im Hauptquartier verabredet. Da ich erst um zehn Uhr dreißig aufgestanden war, kam ich ziemlich gehetzt und außer Atem um zwölf Uhr fünf vor dem

Hauptquartier an. Nun hieß es hoffen, dass mir jemand die Tür öffnete. Das geschah nach wenigen Minuten. Alpha-X stieß mürrisch die Tür auf. „Schön, dass du auch endlich da bist." bemerkte er, nicht ohne einen säuerlichen Unterton. Er verschloss die Tür wieder hinter mir und führte mich in den Konferenzraum. Dort saßen bereits Beta- und Gamma-X. Beide sahen reichlich unausgeschlafen aus. „Morgääähn." gähnte Gamma. Ausnahmsweise trug sie nicht ihren weißen Kittel, sondern kurze Jeans und ein grünes Shirt. Sie nippte an einem Glas Wasser, stellte es aber angewidert zurück auf den Tisch. „Bäh, billiges H2O mit zu viel Kohlenstoff." Beta-X grinste verstohlen. Alpha setzte sich vor einen Laptop, der aufgeklappt an der rechten Seite des Tisches stand. „Da wir ja wohl nun alle anwesend sind, können wir mit dem Palaver beginnen." eröffnete Alpha-X. „Heute Morgen hat anscheinend noch niemand etwas von dem Einbruch bemerkt." Beta-X nickte zustimmend. „Das große Theater geht erst am Montag los, wenn die Lehrer bemerken was passiert ist." Wieder umspielte ein müdes Lächeln ihre Lippen. Auch mich überkam die Schadenfreude, wenn ich daran dachte, wie ratlos die Herren Gelehrten am Montag `dreinschauen würden. Der Schulleiter würde eine wahre Schimpfkanonade abfeuern, den Hausmeister herbei zitieren und das Kollegium verfluchen. Der Hausmeister, die Schüler und überhaupt sonst jeder, der ihm in die Quere kam würde sein Fett abbekommen. Er würde die Polizei rufen und nichts würde geschehen. Dann würde er noch mehr Fluchen, bis ihm die Luft ausging (was allerdings sehr lange dauern könnte, da unser Schulleiter viel Übung im Fluchen hatte). Belustigt kehrte ich wieder in die Gegenwart zurück. Alpha-X stritt sich gerade lautstark mit Gamma, worüber, war nicht zu erkennen. „Aufgetakelter Computerfritze" – „zickige Hexenschlampe" – „dummer..." „Ruhe" donnerte Beta. Sie war sichtlich genervt. „Könnt ihr nicht einmal aufhören aufeinander herumzuhacken?" Schuldbewusst gaben die zwei Ruhe. „Also, was noch?" fragte Beta-X. Alpha-X schien erleichtert darüber, dass man ihn endlich wieder über seine Arbeit reden ließ. „Ich habe heute Morgen eine Nachricht von „ihm" bekommen. Er ist zufrieden mit uns." Alpha-X zog eine Geldbörse aus seiner Hosentasche und öffnete sie. Dann drückte er Beta- und Gamma-X mehrere Scheine in die Hand. „Dreihundert für jeden." Beta pfiff durch die Zähne. „ Muss ihm wohl ordentlich was Wert gewesen sein. Dreihundert sind `ne Stange Geld." Alpha-X sah mich an. „Wie sieht`s bei dir aus, was möchtest du?" Verständnislos starrte ich zurück. „Welche Währung, Mann. Organisation oder Euro ?" Verwirrt wählte ich Euro. Er drückte mir einen Hundert Euro Schein in die Hand. Sprachlos starrte ich auf das Geld in meiner Hand. Einhundert Euro. Soviel Geld sparte ich sonst in einem Jahr. Aus dem Augenwinkel sah ich, wie Alpha-X mich beobachtete. „Ungewohntes Gefühl mit so 'ner Menge Geld in der Hand, was?" „Ich weiß gar nicht, wo ich das alles lassen soll." sagte ich wahrheitsgemäß. „Ich meine, ich kann nicht einfach nach Hause spazieren und sagen, „Hey Mama, ich hab grad für 'nen Bruch in die Schule Hundert Euro kassiert." „Leih das Geld doch einfach der Organisation!" – „Wie?" „Na, die Organisation hat sowas wie eine hauseigene Bank. Richtig professionell. Du eröffnest ein Konto und bekommst dafür Zinsen." Ungläubig sah ich ihn an. Er sah nicht so aus, als wollte er mich reinlegen. „Und was machen die dann mit dem Geld?" „Verleihen, Ausrüstung finanzieren, all so 'n Zeugs. Ein Viertel unserer Einnahmen laufen über die Organisation- Bank." Ich war begeistert. „Wie kann ich ein Konto eröffnen?" Gamma-X die die ganze Zeit ruhig zugehört hatte, zog ein Blatt Papier aus der Tasche und legte es auf den Tisch. „Hier, das musst du unterschreiben. Dann bekommst du eine Karte und kannst jederzeit Geld abheben und einzahlen." Ich war irritiert. Wieso hatte Gamma gerade jetzt so ein Formular zur Hand? Beta-X lieferte mir die Erklärung: „Alph und Gam sind Mitglieder der Bankführung. Das ist die einzige Situation, in der sie zusammenarbeiten." Irgendwie beruhigte mich das. Ich unterschrieb den „Vertrag" und ließ mir von Alpha und Gamma die Funktionen erklären. Später, viel später erst wurde mir bewusst, was die Organisation wirklich tat: Auf diese Weise brauchte sie für ihre Mitglieder überhaut kein Geld auszugeben, jedenfalls nicht in der Praxis, den es war ein leichtes das Geld verschwinden zu lassen. Und der „Vertrag“, den ich unterschrieben hatte, nutzte mir überhaupt nichts – er half vielleicht bei einem Prozess, den die Organisation selbst veranstaltete, ansonsten war er allerdings völlig wertlos.

X

Am Nachmittag wollte ich mich mit André zum Fußballspielen treffen. Gleich nach dem Mittagessen zog ich meine Fußballklamotten an und machte mich auf den Weg. Der Himmel war stahlblau und es war nicht der Hauch einer Wolke zu sehen. André wohnte drei Straßen entfernt, direkt neben dem Fußballplatz. Gut gelaunt schellte ich an der Haustür. Andrés Mutter öffnete. „Oh, Benjamin.“ begrüßte sie mich. „Wie geht es dir? André hat seine Jacke vergessen, richtig?“ Ich stutzte. „Ist er denn nicht bei dir?“ hakte sie nach. „Doch, natürlich.“ log ich schnell. „Gut, hier.“ Sie drückte mir eine dicke, schwarze Jacke in die Hand. „Und sag dem alten Faulpelz, er soll beim nächsten Mal selber kommen! Auf Wiedersehen.“ Sie schloss die Tür wieder. Verdattert starrte ich auf die Jacke in meiner Hand. Wo war André? Warum hatte er seine Mutter belogen? Ratlos drehte ich mich um und schlenderte zum Fußballplatz.

X

Auch auf dem Fußballplatz war André nicht. Ich setzte mich auf eine Bank am Rande der Rasenfläche und grübelte. Vielleicht war er zu mir nach Hause gelaufen?! Aber dann hätte ich ihm unweigerlich über den Weg laufen müssen. Dann fiel es mir ein: Kathrin! Kathrin war ein Mädchen aus unserer Klasse, die gleichzeitig in derselben Siedlung wohnte wie wir. André hatte sich eindeutig in sie „verguckt“. Nur war er bisher zu schüchtern gewesen, sie anzusprechen. Kathrins Haus lag zwei Straßen weiter. Irgendetwas trieb mich dazu, das nachzuprüfen.

X

Zum zweiten Mal an diesem Tag klingelte ich an einer Haustür. Diesmal an der Tür von Familie Ranauer. Mir war ein bisschen mulmig zu Mute. Was würde André dazu sagen, wenn ich ihn derart verfolgte? Aber schließlich hatte er mich ungefragt als Alibi benutzt. Entschlossen drückte ich ein weiteres Mal auf den Klingelknopf. Endlich öffnete jemand. Es war Kathrin. Sie war mittelgroß, hatte lange blonde Haare und jede Menge Sommersprossen im Gesicht. „Hi, Benjamin." „Hallo, Kathrin." Sie blickte mich fragend an. Plötzlich stieg mir die Schamesröte ins Gesicht. „Ich wollte…äh…ich meine…äh…" „Spuck 's aus." ermutigte sie mich. „Ist André bei dir?" „Nein, warum?" sie klang erstaunt. „Nun, er ist nicht zu Hause und da dachte ich…" „Und da kommst du ausgerechnet zu mir?" Auf einmal kam ich mir ziemlich bescheuert vor. Selbst wenn André dagewesen wäre, was wäre dann passiert? Am besten fragte ich ihn wenn wir uns das nächste Mal sehen. Schnell verabschiedete ich mich von Kathrin. Sie schloss verwundert die Tür hinter sich.

X

Jetzt stand ich da: mit Andrés Jacke in der Hand und völlig ratlos. Es war fünfzehn Uhr fünfzehn. Wo konnte André sein? Da hatte ich eine Idee. Ich lief zurück nach Hause. Dort angekommen schloss ich mich in meinem Zimmer ein. Ich holte das Handy aus dem Rucksack unter meinem Bett. Andrés Nummer war noch eingespeichert, sodass ich den Bildschirm nur wenige Male berühren musste, bis eine Verbindung aufgebaut wurde. Ein gleichmäßiger Piepton ertönte. „Piiiep- piiiep- piiiep." Niemand nahm ab. Die Verbindung wurde automatisch unterbrochen. Ich versuchte es ein weiteres Mal. Nach mehrfachem Klingeln erschien eine Textzeile auf dem Bildschirm: Der gewünschte Teilnehmer ist momentan nicht erreichbar. Bitte rufen sie später wieder an.

X

Es klingelte an der Haustür. Einmal. Zweimal. Dreimal. Dann fiel mir ein, dass meine Eltern ja gar nicht zu Hause waren. Ich lief zur Haustür und öffnete. André stand vor der Haustür. „Hast du meine Jacke?" fragte er, ohne mich zu begrüßen. Ich nahm sie von einem Haken neben der Tür, wo ich sie aufgehängt hatte, als ich nach Hause gekommen war. André nahm sie mir wortlos aus der Hand und ging. Doch am Ende des Gartenweges drehte er sich noch einmal um. „Danke."

X

Den darauffolgenden Sonntag sah ich André gar nicht. Ich sah überhaupt fast niemanden, außer meinen Eltern, was damit zusammenhing, dass ich das Haus den ganzen Tag nicht verließ. Am Montag würden wir eine Mathematikarbeit schreiben und wenn ich diese nicht besser als vier schriebe, wär`s das mit der Versetzung gewesen. Ich saß also den ganzen Tag vor meinem Schreibtisch und versuchte schier endlose Ketten von Formeln und Gleichungen irgendwie in meinen Schädel zu kriegen. Es brachte mich beinahe um den Verstand, ich verzweifelte etliche Male und wünschte sämtliche Mathematiker zum Teufel.

X

Am Montag kam André nicht zur Schule. Ich kümmerte mich nicht weiter darum, ja ich nahm es eigentlich gar nicht wirklich wahr, sondern versuchte mir noch in letzter Minute irgendeinen aberwitzigen Satz zum Berechnen eines Graphen einzuprägen. Dann, in der zweiten Stunde (Biologie) passierte es. Frau Rademacher erzählte gerade irgendetwas über das Skelett eines Armeisenbärs, als Doktor Feldhofer atemlos in den Raum platzte. Frau Rademacher bedachte ihn mit einem tödlichen Blick und unterbrach den Unterricht. „Der Direktor schickt mich." Keuchte er. „Sie sollen unverzüglich zum Lehrerzimmer kommen." Frau Rademacher war reichlich verblüfft. „Und wer soll während dessen auf meine Schüler achten?" Ich kann diesen Sack Flöhe doch nicht einfach alleine lassen!" „Natürlich können sie, und jetzt beeilen sie sich." Der Doktor griff sie am Arm und zog die sich heftig sträubende Biologielehrerin hinaus.

X

In der dritten Stunde fand die Mathematikarbeit wie geplant statt. Ich hatte wenig Probleme, die Aufgaben zu lösen. Dann läutete es zur großen Pause. Hunderte von Schülern drängten durch die Eingangstüren auf den Pausenhof. Als ich draußen an der frischen Luft stand, fühlte ich mich zum ersten Mal an diesem Tag richtig entspannt. Die Verkrampftheit der letzten Stunden verflog. Endlich nahm ich die Dinge wieder normal wahr. Da fiel mir etwas ein. Montag. Irgendetwas war heute, mir fiel nur nicht ein, was es war. Da fiel mein Blick auf einen Polizeiwagen, der direkt vor dem großen Schultor stand. Sofort erinnerte ich mich an alles: der Einbruch, die Organisation, der Auftrag. Ich wollte in Richtung Aula laufen, genauer gesagt, hinter die Aula, doch in diesem Moment packte mich ein Arm an der Schulter. Verärgert drehte ich mich um… und sah in die grünen Katzenaugen von Beta-X. „Es wäre nicht gut, wenn du jetzt dorthin gingest." Sie lächelte und trat einen Schritt zurück. Sie trug eine blaue Jeans, schwarze Stiefel und eine dunkelgraue Jacke. Ihre schwarzen Haare fielen ihr auf die Schultern und in ihrem Gesicht stand ein undurchsichtiges Lächeln. „Der Rex hat Zeter und Mordio geschrien und den armen Feldhofer durch die ganze Schule gehetzt." Unvermittelt wurde mir übel. Angst breitete sich in mir aus. Angst, entdeckt zu werden. Angst, bestraft zu werden. Doch Beta-X klopfte mir beruhigend auf die Schulter. Wieder einmal schien sie meine Gedanken gelesen zu haben. „Die finden uns schon nicht, wir haben nicht die geringste Spur hinterlassen." Sie sah sich um und beobachtete den Polizeiwagen, in den in diesem Augenblick zwei Polizisten einstiegen. Der Wagen fuhr davon und nichts erinnerte mehr daran, dass an dieser Schule ein Verbrechen begangen worden war.

X

Auch am Tag darauf war André nicht in der Schule und ich wunderte mich darüber. Normalerweise meldete André sich immer, wenn er krank war oder aus anderen Gründen nicht zur Schule kam. In der Pause lief ich zum Organisationshauptquartier. Der Wachposten ließ mich ein und wieder stand ich in dem kalten, runden Raum mit den vielen Türen. „Beta-X wartete bereits im „Ausguck“ auf mich, wie mir der Wachposten mitteilte.

X

Als ich die Wendeltreppe hinter mir gelassen hatte und die erste Plattform erklomm frischte plötzlich der Wind auf. Beinahe wäre ich die Steigleiter wieder hinabgestürzt, doch zum Glück konnte ich mich in letzter Sekunde noch an einem Ast festhalten. Ich stieg weiter hinauf und sah dabei prüfend zum Himmel. Einzelne graue Wolkenballungen zogen darüber und die Luft schien trotz des Windes dick und warm zu werden. Ein Sommergewitter kündigte sich an. Unbeeindruckt erstieg ich die zweite Plattform. Zuerst sah ich niemanden, doch als ich um den Stamm der Eiche herum ging, gewahrte ich eine kleine, dünne, schwarz gekleidete Gestalt, die am Geländer lehnte und mir den Rücken zuwandte. „Guten Tag Delta-X.“ Dies war nicht die Stimme von Beta. Unwillkürlich fröstelte mir und ich trat einen Schritt zurück. Ohne sich umzudrehen sprach er weiter: „Du fragst dich bestimmt, warum Beta-X nicht hier ist.“ The Brain trat einen Schritt vom Geländer zurück und wandte mir seine rechte Seite zu. Die wenigen Sonnenstrahlen, die zwischen den Wolken hindurch brachen, färbten sein Gesicht golden und spiegelten sich in seiner Sonnenbrille. Ausnahmsweise trug er kein Kapuzensweatshirt, sondern ein graues Hemd.

Seine Haare waren pechschwarz und kurzgeschnitten. Auch dieses Mal trug er schwarze Lederhandschuhe mit silbern glänzenden Nieten. Meine Befürchtungen, dass die Organisation wirklich nicht ganz mit offenen Karten spielte, wurden durch das unheimliche Auftreten dieses Jungen nur verstärkt. Er trat einen Schritt auf mich zu und reichte mir die Hand. Nur zögernd ergriff ich sie. Das Leder der Handschuhe war kalt und ich meinte, durch den Handschuh einen ruckartigen Puls zu spüren. The Brain trat einen Schritt zurück und blickte wieder über die Plattform hinaus. Eine ganze Weile sah es so aus, als ob er vergessen hatte, dass ich überhaupt da war. Doch unvermittelt sprach er weiter: „Du sollst einen Auftrag für mich erledigen. Du kennst Jan Korac?“ Dies war mehr eine Aussage als eine Frage. Natürlich kannte ich Jan Korac. Ich war ihm schon einmal im Zuge eines Auftrags der Organisation begegnet. Ein kalter Schauer überlief mich, als ich daran dachte. The Brain sprach weiter: „Du sollst ihm einen Brief übergeben. Mehr nicht.“ Ich wunderte mich. Der Chef der Organisation korrespondierte mit Jan Korac, Einauge, einer der wenigen, der noch nicht unter der Fuchtel irgendeiner Gang stand. Komischerweise ließ ihn auch die Organisation in Ruhe. The Brain zog ein Kuvert aus einer Tasche seines Hemdes. Aus einer zweiten Tasche zog er einen Fünfzig Euro Schein. Beides gab er mir in die Hand. „Bis morgen Mittag hält Korac diesen Zettel in Händen. Auf Wiedersehen.“ Es begann zu regnen. Vereinzelt schlugen dicke Tropfen auf der Plattform auf. Ich wandte mich zum Gehen, dann sah ich mich noch einmal zu ihm um. Da stand er, starrte in die Wolken hinaus. Er. The Brain.

X

Auch am nächsten Tag war André nicht in der Schule und wieder hatte ich keine Nachricht von ihm bekommen. Das Kuvert für Jan Korac steckte in meiner Schultasche, genau wie eine Sonnenbrille und das Handy. Ich saß die ersten drei Schulstunden ab, dann begab ich mich auf den Pausenhof.

X

Jan Korac saß auf seiner Bank, die Kopfhörer auf den Ohren. Gedankenverloren starrte er in die Ferne. Ich ging auf ihn zu und zum zweiten Mal hatte ich das Gefühl in eine andere, kalte Welt einzutauchen. Unaufgefordert setzte ich mich neben ihn und wartete. Nichts geschah. Sekunden verstrichen. Minuten. Dann hielt ich es nicht mehr aus. Vorsichtig tippte ich ihm auf die Schulter. In einer schnellen, fließenden Bewegung, die es mir unmöglich machte zu reagieren, nahm er den Kopfhörer vom Kopf und packte meinen Arm. Überrumpelt und unfähig mich zu rühren, geschweige denn, etwas zu sagen, starrte ich ihn einfach nur an, als könnte ich ihn auf Distanz halten. Er ließ meinen Arm wieder los und sah mich an, ohne mit der Wimper zu zucken. „Was willst du von mir?“ fragte er, ohne eine Begrüßung abzuwarten. Als ich keine Antwort gab, wurde er ungeduldig. „Los, spuck 's aus!“ fuhr er mich an. Ich zog das Kuvert aus meiner Tasche und reichte es ihm. Stirnrunzelnd betrachtete er es. Dann riss er es auf und sah hinein. Nach kurzem zögern zog er ein zusammengefaltetes Blatt Papier aus dem Umschlag und entfaltete es. Ich konnte nicht erkennen, was darauf stand, doch es war offensichtlich eine Nachricht. Koracs Mine verfinsterte sich. Plötzlich und ohne Vorwarnung warf er sich vor der Bank auf den Boden, wobei er mit den Händen abfederte. Zehntelsekunden später war er wieder auf den Beinen und sprintete zwischen den Schülern hindurch, die sich vor ihm in zwei Hälften teilten. Verwirrt blickte ich auf die Stelle, wo Korac gerade noch gesessen hatte… und erstarrte. Im Holz der Bank steckte ein sauber poliertes Messer mit einer zwei Handbreit langen Klinge.

X

Ich sprang auf und hetze hinter Korac her. Für mich war es weit schwieriger, durch die Schülermassen zu rennen, denn mir ging niemand aus dem Weg. Mit einem Mal erreichte ich einen Platz, der frei von Schülern war und in dessen Mitte Korac mit einer zweiten Person rang. Ihr Gesicht war von einer schwarzen Maske verhüllt. In diesem Moment riss sich die Gestalt los und für einen Augenblick meinte ich Gesichtszüge unter der Maske zu erkennen. Der Maskierte rannte auf den Rand des Kreises zu und stürmte mitten in die Menge von Gaffern, die sich gebildet hatte. Schon nach wenigen Metern war von ihm nichts mehr zu sehen.

X

Korac rappelte sich hoch und ging gemessenen Schrittes und mit finsterer Miene zurück zu seiner Bank. Darauf hatten sich einige Fünftklässler niedergelassen, die aber schnell das Weite suchten, als sie Korac sichteten. Ich überlegte, ob ich wieder zurück zu ihm gehen sollte, entschied mich dann aber dagegen. Ich konnte immer noch nicht glauben, was ich vor wenigen Sekunden gesehen hatte: die Gesichtszüge eines Mädchens. Die Gesichtszüge von Beta-X.

X

Am Nachmittag lief ich, sofort nachdem ich meine Hausaufgaben erledigt hatte, zur Schule. Keinesfalls um hineinzugehen. Einige Oberstufenschüler wurden noch in den Klassenräumen unterrichtet, hinter manchen Fenstern konnte man gelangweilte Jugendliche oder Lehrer erspähen. Nach vorsichtigem Umsehen zwängte ich mich in den engen Gang zwischen der Aula und dem Zaun, hinter dem der angrenzende Wald lag. Bereits nach wenigen Metern hatte ich die eiserne Tür erreicht, durch die man den Wald betreten konnte. Die Tür schwang lautlos zurück, als ich die Klinke drückte. Dahinter lag ein scheinbar undurchdringliches Geäst und Gestrüpp. Ich versuchte, mich zu erinnern, wo entlang mich Beta-X geführt hatte. Auf Verdacht, bog ich mehrere Äste beiseite und stand schließlich auf dem schmalen Pfad, den ich gesucht hatte. Der Boden war mit

Laub bedeckt, das bei jedem Schritt raschelte. Immer wieder lief ich gegen tief hängende Äste, sodass mein Gesicht und meine Hände mit mehreren kleinen Schrammen bedeckt waren. Dann erreichte ich den zugewucherten Betonbau, dessen Eingang unscheinbar zwischen zwei hohen Eichen verborgen lag. Ich versuchte den Baum, auf dem sich die Plattform befand, zu erspähen, doch alles was ich sah, war Brombeerdickicht und anderes Gestrüpp. Jetzt blieb mir nur noch übrig abzuwarten.

X

Nach einer halben Stunde ergebnislosen Wartens kam endlich jemand. Zu meinem Erstaunen war es Gamma-X. Ausnahmsweise trug sie keinen weißen Kittel, sondern einfache, blaue Jeans und einen pink und grün gestreiften Pullover. Darin sah sie aus, wie eine Tonne auf zwei Beinen mit Geschmacksverirrungen. Sie öffnete die Türen und ließ mich ein. Bei der Gelegenheit stellte ich ihr gleich eine Frage: „Warum habe ich eigentlich noch nicht so ‘n Ding?“ Dabei deutete ich auf die Karte, mit der sie gerade die zweite Tür öffnete. Sie beäugte mich misstrauisch und sagte dann: „Wie lange bist du schon bei dem Verein hier?!“ Ich überlegte kurz, dann gab ich die Antwort: „Seit knapp drei Monaten„ - „Siehste. Das reicht noch nicht. Und jetzt komm rein.“ Sie trat in den dunklen Flur hinter der Tür und knipste das Licht an. „Oder willst du da draußen Wurzeln schlagen?!“

X

Gamma-X war vor wenigen Sekunden in ihr Labor abgetaucht. Jetzt stand ich allein in dem kreisrunden Raum. Alles war so wie gehabt. Kalkweiße Wände, Neonlicht, Türen. Ich war aus einem bestimmten Anliegen hier, doch wusste ich noch nicht, wie ich es ausführen sollte, und ob das überhaupt möglich war. So stand ich einige Minuten unentschlossen herum. Plötzlich schreckte ich aus meinen Gedanken hoch. Irgendetwas klackte.

Im gleichen Augenblick schwang eine der Türen auf. Hinter der Tür lag tiefe Finsternis. „Kommen sie herein." Dies war unverkennbar seine Stimme: The Brain.

X

Als sich meine Augen an das dämmerige Licht gewöhnt hatten, erkannte ich einen schwarzen Bürostuhl vor einem großen, eisernen Schreibtisch. „Setzen Sie sich." Die Stimme kam von irgendwo hinter dem Schreibtisch. Ich tat wie geheißen und ließ mich auf dem schwarzen Sitzmöbel nieder. Auf dem Schreibtisch stand ein riesiges Schachfeld, das eine Seitenlänge von bestimmt sechzig Zentimetern hatte. Es wurde von einer einzelnen Lampe erhellt. Die Spielfiguren standen sauber geordnet in Reih und Glied, wie zwei Heere von Soldaten, die darauf lauerten, dass der Gegner einen Fehler beging, was sie ja auch waren. Hinter dem Schreibtisch begann grenzenlose Schwärze. „Verstehen Sie etwas von Schach?" Mein Vater hatte früher oft mit mir „Das Spiel der Könige" gespielt, weshalb ich mir aller Regeln bewusst war und auch über überdurchschnittliches Können verfügte. Deshalb nickte ich und setzte dann ein schnelles „Ja" hinterher, da in der vorherrschenden Finsternis niemand mein Nicken sehen konnte. „Dann beginnen sie!" Verwirrt starrte ich in die Richtung, aus der die Stimme kam. Dann nahm ich zögernd einen der weißen Bauern und setzte ihn um zwei Felder nach vorn. Prompt kam ein schwarzer Handschuh aus der Dunkelheit und setzte den gegenüberliegenden schwarzen Bauern zwei Felder nach vorn, sodass er genau vor meiner Figur stand. Bereits nach wenigen Zügen war auf dem Spielfeld eine Schlacht um Leben und Tod entbrannt. Ich gab mein Bestes, doch immer waren die schwarzen Figuren schneller, verteidigten, griffen an und zogen sich wieder zurück. Nach lächerlichen zehn Minuten hatte ich bereits die Hälfte meiner Figuren verloren. Die Schwarzen hingegen standen überall, schienen anstatt weniger, mehr geworden zu sein. Ich richtete meine gesamte Aufmerksamkeit auf das Brett. Mein Sichtfeld bestand aus schwarzen und weißen Feldern und die Figuren tanzten vor meinen Augen. Schweiß trat mir auf die Stirn, meine Hände waren triefend nass und hinterließen einen durchsichtigen Film auf den Figuren. Plötzlich fiel mir etwas auf: Eine seiner Figuren, ein Springer, stand abseits von allen anderen und genau im Bereich meines Läufers. Hastig spielte ich meine Möglichkeiten im Kopf durch, überprüfte alle Gefahren und zog meinen Läufer schließlich wild entschlossen in Richtung des schwarzen Springers. Schadenfroh entfernte ich die Figur vom Brett, als hätte ich meinen Gegner zu tiefst gedemütigt. Im selben Moment erschien wieder die schwarze Hand. Sie griff nach einer Figur, einer Dame und setzte sie direkt vor meinen König. „Schachmatt“ sagte die Stimme triumphierend.

X

Das Schachbrett verschwand in einer Versenkung im Tisch und darüber schloss sich eine metallene Klappe. Plötzlich erlosch das Schreibtischlicht. Der Raum lag in völliger Dunkelheit. Wieder sprach die Stimme: „Haben Sie Ihren Auftrag erledigt?“-„Ja, aber...“ setzte ich an, doch mir wurde das Wort abgeschnitten: „Gut, also hat Korac nicht reagiert. Wie töricht von ihm.“ Leichter Spott klang aus seiner Stimme, die einzige Emotion, die ich bisher an ihm bemerkt hatte. „Dann werden Sie noch zwei weitere Aufträge für mich erledigen.“ Ein kurzes Rascheln, dann: „Stellen Sie diese beiden Schriftstücke zu!“ Die Lampe über dem Schreibtisch leuchtete erneut auf; gleichzeitig schwang die Tür in meinem Rücken auf. Auf der Schreibtischfläche, wo das Schachbrett gestanden hatte, lagen nun zwei schwarze Briefumschläge, beide mit weißen Buchstaben versehen. „Auf Wiedersehen.“ Ich griff nach den Umschlägen und wandte mich zum Gehen, nachdem ich ein flüchtiges „Wiedersehn“ gemurmelt hatte. Sehen war gut, alles, was ich von ihm gesehen hatte war ein lederner Handschuh gewesen.

X

Ich lief, rannte, hetzte durch den Wald, als wäre ich auf der Flucht. Nein, ich war auf der Flucht. In mir hatte sich etwas angestaut, etwas unheimliches, unkontrollierbar Wildes. Es war ich; ich war es, der mir langsam unheimlich wurde. Das Ich, das für Geld verletzte, ja vielleicht noch zu viel mehr in der Lage war. Ich rannte weiter, nicht auf die Umgebung achtend, immer weiter, nur weiter, weg von dem Ort, der diesen fürchterlichen Kampf in mir ausgelöst hatte. Verfolgt von etwas, das ich nicht einschätzen konnte, das in mir war, überall. Ich stolperte, schlug hin, rappelte mich wieder auf und rannte weiter. Äste zerkratzten mir mein Gesicht und verfingen sich in meinen Haaren; meine Kleidung war von den vielen Stürzen über und über mit Matsch bedeckt. Ich wusste nicht wohin, oder wie lange ich schon lief, ich wollte nur weg, weg von diesem schaurigen Ort mit dieser furchtbaren Stimme.

X

Schließlich, nach scheinbar Stunden endlosen Rennens, brach ich durchs Geäst und trat auf eine geteerte Straße, vor mir lag ein weites, grünes Feld. Ich hörte auf zu rennen und setzte mich erschöpft an den Straßenrand. Mein gesamter Körper schmerzte, in meinem Kopf wummerte dumpf mein eigener Herzschlag. Ich kostete die frische Luft, schmeckte das Sonnenlicht. Die Luft vibrierte vom Summen und Brummen winziger Insekten, die durch die Luft schwirrten, emsig und unbeeindruckt vom Rest der Welt. Auf dem Asphalt vor meinen Füßen marschierte eine Gruppe Ameisen einem unbestimmten Ziel entgegen. Ich wusste nicht, wie lange ich in diesem grässlichen Raum gesessen hatte, doch stand die Sonne bereits tief am Himmel und würde in etwas mehr als einer halben Stunde hinterm Horizont versinken. Langsam beruhigte ich mich wieder und die Ereignisse der letzten Stunden und Tage fielen von mir ab. Derart gefasst machte ich mich auf den Weg nach Hause.

X

Zu Hause wartete meine Mutter bereits mit dem Abendessen auf mich, mein Vater war schon zur Arbeit gefahren. Auf die Frage, wo ich so lange gewesen sei, druckste ich ein wenig herum, bis sie nicht weiter fragte. Meine Mutter war nicht besonders konsequent in solchen Dingen, sie sah nicht, wo ich war und was ich tat, wahrscheinlich wollte sie es auch gar nicht sehen. So verschlang ich nur hastig zwei Schinkenbrote, bevor ich mich meinem PC und den darin wütenden Aliens widmete, indem ich sie mit einem futuristischen Waffenarsenal ins Jenseits schickte.

X

Früh am nächsten Morgen stand ich auf. Ich zog mich an, aß etwas und machte mich auf den Weg zur Schule. Unterwegs besah ich mir die beiden schwarzen Umschläge, die ich am Vortag von The Brain erhalten hatte. Der erste war, wie (schon wieder), an Jan Korac adressiert. Nachdem ich ihn in meiner Schultasche verstaut hatte, besah ich mir den zweiten Umschlag. Darauf stand ebenfalls in gut leserlichen weißen Druckbuchstaben ein Name:n„André Baecker – Spy-Fly“

X

André war an diesem Tag wieder in der Schule. Man sah keine Anzeichen irgendeiner zurückliegenden Krankheit; André war die Gesundheit auf Beinen, wenn man davon absah, dass er ungewöhnlich gestresst wirkte. Sofort nach der ersten Stunde (nach jeder Stunde gab es eine fünfminütige Pause) wollte ich mich an ihn wenden und ihn fragen, wo er die letzten Tage gewesen sei. Doch als ich auf den Platz neben mir sah, bemerkte ich, dass André nicht dort saß. Also stand ich auf und griff den schwarzen Umschlag für André. Im gesamten Klassenraum konnte ich ihn nirgends entdecken. Ich verließ den Klassenraum und trat auf den Gang, der die Klassenräume der drei 9erklassen verband. Dort fand ich ihn an einem der Fenster, durch die man hinaus auf den Schulhof blicken konnte. Er starrte aus dem Fenster und schien zu überlegen. Als ich mich näherte nahm er keine Notiz von mir, er schien mich gar nicht zu bemerken. Vorsichtig tippte ich ihm auf die Schulter und hob an, etwas zu sagen, da fuhr er herum und sprang von dem Fensterbrett auf, auf dem er gesessen hatte. Für einen Moment stand fürchterliche Angst in seinem Gesicht, dann erkannte er mich und beruhigt sich wieder. Überrascht von dieser plötzlichen Reaktion brachte ich für einen Moment kein Wort heraus. Schließlich besann ich mich auf mein Anliegen: „Hey, moin, schön dass man dich auch mal wieder sieht. Wo bist du die letzten Tage gewesen?“-„Na, ich war krank, dass weißt du doch.“ entgegnete er, allerdings war es nicht schwer für mich, zu erkennen, dass er zumindest nicht die ganze Wahrheit sagte. Als ich weiter nichts sagte, starrte er verlegen auf seine Schuhe und sagte dann: „Is‘ ne lange Geschichte, weiß nich', ob ich dir das erzählen kann…“ Das war für mich so viel wie ein Geständnis. „Komm, mir kannst du doch alles erzählen.“ Das schien ihn nicht sonderlich zu beruhigen, aber er sagte: „Na gut. Aber nicht jetzt. Morgen Mittag.“ – „Warum nicht heute?“ – „Hab noch was zu erledigen heute.“ Kam er mit einer weiteren eindeutigen Ausflucht. „Und was?“ fragte ich, des Spieles langsam überdrüssig. „Weißt du, dass du einem mit deiner Fragerei ganz schön auf den Sack gehen kannst?!“ rief er, plötzlich aggressiv. Er schob mich an die Seite und ging den Gang hinunter. Entgeistert sah ich ihm hinterher. Da fiel mir der Brief ein, den ich immer noch in meiner Hand hielt. Schnell lief ich André hinterher. Als ich zu ihm aufgeschlossen hatte, drückte ich ihm das Kuvert in die Hand. „Hier, der ist für dich.“ – „Von wem?“ fragte er misstrauisch. „Von ihm. Er hat ihn mir für dich mitgegeben.“ André verstand und hielt inne. „Von ihm, von The Brain ?“ versicherte er sich. Ich nickte. André stieß einen leisen Fluch aus. Bevor ich fragen konnte, erschien ein Lehrer am Ende des Ganges und wir machten, dass wir zurück in unseren Klassenraum kamen.

X

In der Pause beeilte ich mich, zu Koracs Bank zu kommen, sodass ich keine Zeit mehr hatte, mit André zu sprechen. „Einauge“ saß bereits dort, wie die vorigen Male in weißem Hemd und weißen Jeans, mit einem schwarzen Tuch über dem rechten Auge. Er sah mich kommen und erhob sich, seine linke Hand glitt in die Brusttasche seines Hemdes und zog etwas Kleines heraus, das ich nicht erkennen konnte. „Leg den Brief auf die Bank und geh zehn Schritte rückwärts!“ Vorsichtig, ihn im Augenwinkel beobachtend, näherte ich mich der Bank. Dort angekommen, legt ich den Brief ab und ging langsam zehn Schritte zurück. Dies alles kam mir doch sehr paranoid vor. Korac setzte sich zurück auf die Bank und wog den Brief in der Hand. Seine Linke hielt immer noch den kleinen Gegenstand. Korac zog ein Taschenmesser aus der Tasche und klappte es aus. Dann öffnete er den Briefumschlag. Er sah einen Moment auf den Inhalt des Kuverts, einen zusammengefaltetes Blatt Papier. Schließlich verzog sich seine Miene und er warf den Zettel verächtlich hinter sich. Was stand auf diesem Zettel? Ich entfernte mich von Korac und seiner Bank, um ihn nicht misstrauisch zu machen. Den Zettel würde vorläufig sowieso niemand aufheben, geschweige denn, entsorgen. Also sollte ich genug Zeit haben, ihn, nachdem Korac seine Bank verlassen hatte, genauestens in Augenschein zu nehmen. Ich wartete also, bis es zum Pausenende schellte. Langsam schlenderte ich, die Schülermassen, die wieder zurück in das Gebäude drängten, beobachtend, wieder zu der Bank. Korac saß nicht mehr an seinem Platz. Nachdem ich mich noch einmal nach eventuellen Beobachtern umgesehen hatte, ging ich so unauffällig wie möglich auf die Bank zu und setzte mich darauf. Niemand beachtete mich, als ich mich umdrehte und hinter die Bank spähte. Irgendwo dort musste der Zettel liegen. Doch er war nicht da. Ich suchte das Gestrüpp mit den Augen ab, doch es zeigte sich kein Hinweis auf die Nachricht. Da stand ich auf und schob etwas von den niedrigen Sträuchern beiseite. Der Zettel konnte doch nicht verschwunden sein. Aber er war es. Ratlos machte auch ich mich auf den Weg zurück in meinen Klassenraum.

X

Der nächste Tag begann wie alle anderen zuvor, allerdings mit strahlendem Sonnenschein. Nichts deutete darauf hin, dass dieser Tag eine unglaubliche Kette von Ereignissen eröffnen sollte, die mich dahin führten, wo ich jetzt bin. Ich kam an diesem Morgen erst spät zur Schule; gerade noch rechtzeitig um nicht zu spät zu kommen. Der Tag begann glänzend.

X

Gleich in der ersten Stunde hatten wir Mathematikunterricht. Unser Lehrer erzählte irgendetwas über Formeln und Unbekannte, kritzelte unverständliche Zahlen- und Buchstabenkombinationen an die Tafel und bemühte sich nach Kräften um die Aufmerksamkeit seiner Schüler. Vergebens. Schlussendlich gab er genervt auf, wischte den ganzen Mathematikwust von der Tafel und schrieb stattdessen Seitenzahlen daran, die wir als Hausaufgabe zu erledigen hatten. Wäre ich in dieser Stunde geistig anwesend gewesen, er hätte mir bestimmt leid getan, aber dies war nicht der Fall denn ich hatte viel wichtigere Dinge im Kopf als Mathematik, auch wenn ich nicht ganz wusste, was das für Dinge waren. Eine dunkle Vorahnung plagte mich, ohne, dass ich sagen konnte, weshalb. Irgendetwas Bedrohliches war an diesem Morgen allgegenwärtig.

X

Geschichte. Diese Stunde verlief auch nicht viel besser. Normalerweise schaffte es Herr Moldau immer wenigstens die Hälfte der Klasse für verstaubte Feldherren und trockene Quellentexte zu begeistern (unglaublich aber wahr), doch heute hatte er kein Glück. Er konnte erzählen, was er wollte, niemand hörte ihm zu. Es schien, als läge etwas in der Luft, das die Stimmung drückte, etwas, das irgendwie bedrohlich wirkte, ohne greifbar zu sein. Das erinnerte mich an mein Erlebnis im Wald. Als ich daran zurückdachte, war es nicht mehr als eine unwirkliche Erinnerung, obwohl ja nur knapp zwei Tage vergangen waren. Alles wirkte so unwirklich, aber trotzdem spürte ich wieder diese unbestimmte Angst vor mir selbst. Um auf andere Gedanken zu kommen, sah ich aus dem Fenster, hinunter auf den Schulhof. Unser Klassenraum lag im zweiten Stock, deshalb konnte ich von meinem Fensterplatz aus den gesamten Schulhof überblicken. Ich beobachtete gedankenverloren einen Spatz, der auf dem Asphalt saß und irgendetwas aufpickte. Herr Moldau rief seine Schüler etliche Male zur Ordnung, was diesen allerdings ziemlich egal war. Immer wieder wanderte mein Blick zu dem kleinen Vogel. Da kamen zwei Krähen angeflogen und verjagten ihn von seiner Futterstelle. Nachdem sie dies getan hatten, ließen sie sich dort nieder, wo der Spatz gesessen hatte. Erneut schweifte ich ab, ich konnte mich einfach nicht richtig konzentrieren. Kurz erwog ich, ob ich vielleicht ausnahmsweise doch dem Unterricht folgen sollte, da nahm ich im Augenwinkel eine Bewegung wahr. Als ich genau hinsah, erkannte ich, dass ich einen kleinen Schwarm Spatzen gesehen hatte, der sich etwa 20 Meter über der Stelle sammelte, wo die Krähen immer noch emsig pickten. Ich versuchte, die Vögel zu zählen, es mochten etwa 20 sein, und es kamen fortwährend neue hinzu. Die Krähen bekamen augenscheinlich von alldem nichts mit; gierig pickten sie das Futter auf, sorgsam darauf bedacht, nichts zu übersehen. Plötzlich ging ein Ruck durch die Menge der Spatzen, sie schossen gemeinsam auf die ahnungslosen Krähen hinab. Die Spatzen stürzten sich auf die schwarzen Vögel hackten mit ihren Schnäbeln nach ihnen, man erkannte nur noch schwarze Schemen unter der Menge erbarmungsloser Spatzen. Die Räuber flohen kopflos in verschiedene Richtungen, die Spatzenhorde verfolgte sie, bis beide nicht mehr zu sehen waren. Nur ein Spatz saß ganz allein dort unten und pickte seelenruhig die Körner auf.

X

Dann, in der dritten Stunde teilte sich die Klasse: die einen gingen in einen Raum auf der anderen Seite des Schulgebäudes, den Informatikraum; die anderen blieben dort, wo sie waren, und warteten auf Frau Enué, eine Französin in den späten Vierzigern, die Französisch gab. An diesem Punkt trennte ich mich ausnahmsweise von André, der Französisch lernte. Ich hatte der französischen Sprache nicht viel abgewinnen können und es daher im letzten Jahr vorgezogen, Informatik zu wählen. Der Informatikunterricht war bisweilen wenigstens halbwegs interessant. Herr Metzmann erklärte irgendetwas über die graphische Darstellung einer Gleichung, was sehr kompliziert und damit noch weniger interessant war. Er ließ uns die einzelnen Gleichungen abschreiben, immerhin zwei volle DIN A4 Seiten, und trug uns auf, die verwirrenden Diagramme und Linien an der Tafel zu hause abzuzeichnen, was nicht ganz einfach zu werden schien, schließlich hatte man nur einen Berg von mit Buchstaben und Zahlenkombinationen Vollgekritzeltem, aus dem man dann schöne, gerade Linien extrahieren sollte. Dann klingelte es zur Pause.

X

Draußen auf dem Schulhof traf ich zufällig auf Julius. Ich hatte seit einer ganzen Weile nicht mehr mit ihm gesprochen, genauer, seit dem er vor meinen Augen zusammengeschlagen worden war. Zuerst beachtete er mich gar nicht, doch als ich mich näherte, sah er leicht verdrießlich von einem Buch auf, das er in Händen hielt.

„Hi Julius."

„Hi Benjamin."

„Was geht? Alles klar, Mann? Hab' dich schon ewig nich' mehr geseh'n."

„Genauer gesagt, seitdem die mich damals zusammengeschlagen ham."

Er sagte dies nüchtern, ohne jeden Vorwurf in der Stimme, doch er hielt den Blick gesenkt, damit ich die Bitterkeit in seinen Augen nicht sah. Was sollte ich sagen? Sollte ich mich entschuldigen, oder ihm erklären, wie ich versucht hatte, ihm zu helfen? Das konnte ich nicht, denn ich hatte ihn tatsächlich gänzlich im Stich gelassen damals, jede Entschuldigung würde es nur noch schlimmer machen. Schließlich nahm er mir die Entscheidung ab.

„Hey, dass war kein Vorwurf, jeder andere hätte genauso gekniffen. Ich hab in der letzten Zeit ganz andere Feiglinge und Hosenscheißer gesehen."

Seine Andeutung machte mich neugierig. Was hatte Julius angefangen, nachdem Snake zusammengebrochen war? Ich fragte ihn danach und er erzählte mir, wie er nach diesem Tag zuerst ins Krankenhaus gewandert war und erst volle vier Wochen später entlassen worden war.

„Damit hab ich Glück gehabt, als ich wieder 'rauskam, war schon alles vorbei, sodass sich eigentlich niemand von der Organisation mehr um mich kümmerte."

„Und dann?"

„Dann bin ich doch zur Organisation gegangen, über 'n paar Umwege natürlich, zur Vorsicht und so, aber alles in allem haben sie sich nicht groß drum geschert, wo ich vorher war. Irgendwie scheinen während der Sache mit Snake einige Leute verschwunden zu sein, auch von der Organisation. Die waren ganz froh darüber, dass jemand neues da war."

„Und was machst du jetzt bei dem Verein?"

Er schwieg lange, als ob er überlegte, ob er mir das erzählen sollte. Unbehagen stand in seinen Zügen, als er schließlich erklärte:

„Ich verkaufe Drogen."

X

André. Wo war André? Ich musste ihn sofort finden. Was mir Julius erzählt hatte, war ungeheuerlich, irgendjemand musste etwas unternehmen. Nachdem ich Julius verdutzt stehen gelassen hatte, lief ich jetzt zügig kreuz und quer über den Schulhof. André war weder in der Cafeteria, noch hatte irgendjemand der anderen ihn gesehen. Ich suchte ihn überall, konnte ihn aber nirgends finden. Doch, dort, da war er. Er stand mit zwei schwarz gekleideten Personen in der Nähe der Aula, auch wenn ich schwören wollte, dass die drei eben noch nicht da gewesen waren. Die beiden Schwarzgekleideten redeten auf ihn ein, als ob sie ihn von etwas überzeugen wollten.

X

„Gib auf, du hast keine Chance. Das ist unser letztes Angebot."
„Ihr Idioten. Ihr wisst doch gar nicht, was da überhaupt abläuft. Ihr kassiert Knete dafür, dass ihr kleine Kinder einschüchtert. Das war schon immer so, gut. Aber hier geht es um mehr!"
„Ich warne dich, reg dich ab oder es gibt Ärger."
„Ich reg mich ab, wenn es mir passt. Ihr könnt mich mal! Wenn die Bullen euch kriegen landet ihr trotz Minderjährigkeit für Jahre in den Knast!"
„Halt endlich die Fresse, verdammt nochmal!"
„Ich werd den Teufel tun. Ich lass euch alle auffliegen und dann steht ihr da! … nein, was soll das, nein, he, aaaaaaaaah!"

X

Ich rannte, raste, flog auf die Gruppe zu. Irgendetwas war geschehen, und etwas sagte mir, dass es nichts Angenehmes war. André lag am Boden und krümmte sich. Als mich die beiden Gestalten kommen sahen, ergriffen sie die Flucht. Mein Puls raste, als ich den am Boden liegenden André Sekunden später erreichte. Er bewegte sich nicht mehr, sein Gesicht war dem Boden zugewandt. Schnell kniete ich nieder und drehte ihn auf den Rücken. Da registrierte ich, dass ich mich mit einer Hand in etwas warmen, klebrigen abstützte. Ich starrte voller Entsetzten auf meine Hände: Sie waren blutbeschmiert. Entgeistert sah ich wieder André an. Sein T-Shirt war zerrissen, aus einer riesigen Wunde auf seiner Brust quoll heißes Blut. Unfähig, mich zu rühren, starrte ich ihn einfach nur an, starrte auf die fürchterliche Verletzung und konnte keinen klaren Gedanken fassen. Doch ich musste sofort etwas unternehmen; André würde sterben, wenn nichts geschah. Verzweifelt presste ich eine Hand auf die Wunde, hob mit der anderen Andrés Kopf an, um ihm ins Gesicht zu schauen... und erstarrte. Ein grausiges Bild bot sich mir: Andrés rechtes Auge war völlig zerfleischt, weiße Fetzen hingen heraus und eine durchsichtige Flüssigkeit lief über sein Gesicht. Sein anderes Auge blickte leer gen Himmel. Von plötzlichem Ekel ergriffen, ließ ich den Kopf los, sodass er hart auf den Asphalt aufschlug. Die Wunde auf Andrés Brust blutete immer noch. Wie in Trance stand ich auf und wankte einige Schritte zurück. Um Andrés entstellten Körper hatte sich bereits eine riesige Blutlache gebildet. Dann plötzlich gaben meine Knie nach und ich sackte zusammen.

X

Ich erwachte in einem Bett, das in einem kleinen Zimmer stand. Das Zimmer war behaglich eingerichtet; Sonnenstrahlen fielen durch ein Fenster auf der anderen Seite des Zimmers. Irgendwie kam mir der Raum bekannt vor, ich überlegte, wo ich ihn schon einmal gesehen hatte. Dann fiel mir ein, dass der Raum mein eigenes Zimmer war. Doch plötzlich nahm ich eine Unregelmäßigkeit wahr: Den Schreibtisch verdeckte ein verschwommenes Gesicht. Da hörte ich überdeutlich und laut eine Stimme, sodass ich mir unwillkürlich die Ohren zuhielt: „Benjamin, Benjamin, bist du wach?“ Es war die Stimme meiner Mutter und jetzt erkannte ich auch das Gesicht meiner Mutter. „Ja.“ stammelte ich. Ich war immer noch etwas benommen; in meinem Kopf drehte sich ein Karussell aus Farben, Lichtern und Geräuschen. Ich versuchte mich aufzusetzen, doch ein plötzlicher Schwindelanfall zwang mich wieder zurück in die Waagerechte. Dann erschien das Gesicht meiner Mutter über mir. Es war das letzte, was ich sah, bevor ich ein zweites Mal in einen tiefen traumlosen Schlaf fiel.

X

Wieder erwachte ich in meinem Zimmer, diesmal sofort bei Bewusstsein. Jetzt war der Raum verlassen. Meine Kleidung war schweißnass und immer noch war mir etwas schummerig zumute. Ich stieg aus dem Bett, langsam und vorsichtig um nicht wieder Opfer einer Ohnmacht zu werden. Ich ging zum Fenster und öffnete es. Die kühle, klare Abendluft tat mir gut und ich spürte die Energie in meinen Körper zurückkehren. Ein orangefarbener Feuerball schwebte über dem Horizont und tauchte die Szenerie in ein goldenes Licht. Schnell warf ich einen Blick auf die Uhr an der Wand: 19.45 Uhr. Verblüfft betrachtete ich das Chronometer, als hätte es gerade laut „kukkuck" gerufen. Ich hatte über acht Stunden geschlafen. In meinem Magen rumorte es plötzlich vernehmlich, daher beschloss ich, zuerst einmal meine Eltern zu suchen und mir ein ordentliches Abendbrot zu genehmigen. Da fiel mir André ein. Schnell verdrängte ich den Gedanken wieder und schloss das Fenster. Langsam schlurfte ich in die Küche, von wo ich Geräusche vernommen hatte, die nach meiner Mutter klangen. Tatsächlich stand sie am Herd und rührte in einem Topf voll Suppe. Als sie mich bemerkte, fiel sie mir sofort um den Hals. „Endlich bist du wieder wach." flüsterte sie. „Du hast fast den ganzen Tag geschlafen. Ich versuchte, etwas zu sagen, doch meine Kehle war wie ausgedörrt, also nickte ich einfach stumm und umarmte sie. „Wie geht es dir? Möchtest du einen Teller Suppe?" Ohne eine Antwort abzuwarten, füllte sie einen großen Teller mit Suppe und stellte ihn auf den Tisch. Mit sanfter Gewalt beförderte sie mich auf einen Stuhl. Dankbar begann ich meine Suppe zu löffeln, die warme Flüssigkeit erweckte meine Stimmbänder wieder zum Leben. Jetzt war ich endlich wieder ganz wach.

X

André war tot. Dieser eine Satz, dieser Gedanke hatte sich meines Bewusstseins bemächtigt. Immer noch kraft- und mutlos lag ich in meinem Bett und dachte nach. Seltsamerweise empfand ich keine Trauer, wenn ich an das Geschehen dachte. Doch etwas anderes befiehl mich, ein anderes Gefühl, kraft- und lebensspendend: Hass. Tiefer, lodernder Hass. Er fraß sich in mich hinein und betäubte mein Gehirn, ließ nicht locker, bis ich einen Entschluss gefasst hatte: Der Mörder meines Kameraden, meines Freundes und Bruders musste sterben!

X

Der Gedanke verängstigte mich, ich erschrak vor mir selbst. Ich versuchte ihn zu ignorieren, versuchte, die ganze Situation aus meinem Gedächtnis zu tilgen, doch es gelang mir nicht. Immer wieder überfiel mich die Vorstellung, sprang er mich aus einem dunklen Winkel meines Geistes wie ein hinterhältiges Raubtier an. Vielleicht war ich wahnsinnig geworden, doch mein Bewusstsein blieb so klar wie eh und je. Schließlich reifte der kranke Gedanke unter dem Einfluss des lodernden Hasses zu einem perfiden Plan: Ich würde ihn finden, ich wusste sogar bereits wie, und dann....

X

Nach drei Tagen hatte ich mich gänzlich erholt. Die Schule hatte dies allerdings nicht getan: Es herrschte Ausnahmezustand. Der Unterricht fiel aus und stattdessen gab es Gottesdienste, Seelsorge und Informationsveranstaltungen. Die ganze Stadt war in heller Aufregung. Ein Polizeiwagen stand jetzt täglich auf dem Schulhof, ein stämmiger Herr in Zivil stand in jeder Pause so unauffällig wie möglich irgendwo herum und beobachtete die Schüler. Mich interessierte dies alles nicht, ich war bis auf weiteres vom Unterricht freigestellt worden. Trotzdem betrat ich den Schulhof, mitten in der Pause. Darauf bedacht, nicht erkannt zu werden, schlich ich mich mit eingezogenem Kopf über den asphaltierten Platz. Meine Eltern waren morgens früh zur Arbeit gefahren, sodass ich freie Hand hatte, um meinen Plan auszuführen.

X

Schließlich stand ich vor dem Hauptquartier. Die schwere, hölzerne Tür war verschlossen, deshalb wartete ich, bis jemand herauskam. Kurz vor Pausenende verließen drei große kräftige Jungen den Betonbau. Sie sprachen kein Wort, während sie an mir vorübergingen, die Tür allerdings blieb offen. Schnell trat ich ins Innere. Der Vorraum hinter der Tür roch modrig und war stockfinster, doch mit Hilfe des Lichts, das durch ein Schlüsselloch fiel, fand ich die nächste Tür. Dahinter lag der kreisrunde Raum mit den Türen.

X

Die Tür mit der Aufschrift „Archiv" war etwas niedriger als alle anderen und die Scharniere quietschten fürchterlich beim Öffnen. Hinter der Tür lag eine steile Steintreppe, die hinunter in gähnende Schwärze führte.

X

Am Ende der Treppe fand ich eine weitere Tür vor. Sie führte in einen kleinen Raum, der vollgestellt war mit eisernen Regalen. Nachdem ich den Lichtschalter an der Wand ertastet und betätigt hatte, erkannte ich, dass die Regale vollgestellt mit Aktenordnern und Kartons waren. Alle waren sauber mit Daten versehen. Darunter standen jeweils in schwarzen Druckbuchstaben einige Wörter: „Operation Highstarter", „Operation Snake I, II, III", „Operation Skorpion". Zusätzlich prangten darunter einige unverständliche Kürzel wie „AT" oder „Sp.".

Ich trat an eines der Regale heran und zog einen Ordner mit der Aufschrift „(X.X.) 200 (X), Operation Omega, AT, E“, heraus. In dem Ordner befanden sich etliche Zettel. Auf dem vordersten stand zu lesen:

Operation:	Omega
Agenten:	Alpha-X, Beta-X, Gamma-X, Delta-X.
Ziel:	Entwendung schulischer Dokumente. Betreff Zeugniszensuren.

Dann folgten Berichte über die einzelnen Abschnitte der Operation, sowie eine Aufstellung der Gewinne und Verluste. Langsam wurde mir klar, was genau in den Regalen stand. In diesem Moment hörte ich, wie jemand die Treppe herunter kam.

X

Schnell löschte ich das Licht und versteckte mich hinter einem hohen Regal, dass wie alle anderen mit Kartons und Aktenordnern vollgestellt war. Ich war eben hinter den Aktenbergen verschwunden, als die Tür geöffnet wurde. Eine Person in schwarzen Kleidern trat ein. Ihr Kopf wurde von einem der Aktenordner verdeckt, sodass ich nicht erkennen konnte, um wen es sich handelte. Mein Herz hämmerte gegen meine Rippen, meine Hände waren schweißnass. Was würde geschehen, wenn mich der unbekannte entdeckte. Jetzt trat die Person zwei Schritte nach vorn, sodass sie gänzlich von einem der Regale verdeckt wurde. Ein leises Klicken ertönte, dann ein kurzes, schabendes Geräusch. Gebannt starrte ich auf die Stelle, wo die Gestalt hinter der Tür verschwunden war. Plötzlich traf mich ein harter Gegenstand in die rechte Seite. Vollkommen überrascht, taumelte ich zurück und bevor ich auch nur einen klaren Gedanken fassen konnte, durchfuhr ein stechender Schmerz meinen rechten Oberarm. Ich fiel gegen die Wand hinter mir, wobei ich mir heftig den Kopf schlug, und versuchte, mich schnellstmöglich in Sicherheit zu bringen. Ich hob den unverletzten, linken Arm vors Gesicht, der aber, wurde sofort wieder von einem schmerzhaften Schlag zur Seite gestoßen. Den Kopf eingezogen, in Erwartung weiterer Schläge, kauerte ich mich auf dem Boden zusammen. Doch die Schläge blieben aus. Stattdessen hörte ich eine ungläubige Stimme: „Was machst du denn hier?!“ Es war die Stimme eines Mädchens. Ich kannte sie, konnte mich aber nicht erinnern woher. Eine Hand fasste mich am Kinn und drückte meinen Kopf in den Nacken. Ich sah in die grünen Katzenaugen von BETA-X.

X

Nachdem ich wieder auf den Beinen stand und überprüft hatte, ob meine Knochen noch heil und an ihrem Platz waren, betrachtete ich Beta-X. Sie trug, wie immer, ein schwarzes T-Shirt und schwarze Jeans, ihre Füße steckten in ebenfalls schwarzen Turnschuhen. Ihr schwarzes Haar floss offen um ihre Schultern und die grünen Katzenaugen leuchteten geheimnisvoll. Zum ersten Mal fiel mir auf, wie schön sie eigentlich war. Da nahm ich war, dass sich ihr Mund bewegte, allerdings hörte ich nichts. Ich hörte überhaupt nichts, wie mir plötzlich bewusst wurde, ich war taub geworden. In einem Anfall von Panik griff ich mir an den Kopf. Wenigstens waren meine Ohren noch da. Jetzt drangen gedämpfte Geräusche an mein Ohr. Langsam verdeutlichten sich die Eindrücke, bis ich schließlich wieder normal hören konnte. Beta-X war an mich herangetreten. Ich hörte sie verzweifelt rufen: „Hey, hörst du mich? Sag doch etwas!“ Ich wollte irgendetwas sagen, um sie zu beruhigen, doch ich brachte kein Wort heraus, nur ein heiseres Krächzen. Sanft legte sie einen Arm um meine Schulter. Sie zog mich an sich und umarmte mich. Auf einmal erfüllte mich eine tiefe, innere Ruhe und die ganze Anspannung fiel von mir ab. Lange blieben wir so regungslos stehen. Lange.

X

Schließlich löste sich Beta-X aus meiner Umarmung und trat einen Schritt zurück. „Du siehst ja schrecklich aus.“ stellte sie fest. „Wie geht es dir?“ Ich murmelte ein überzeugtes „Geht schon“. Mir ging es wirklich seit langer Zeit wieder richtig gut. Mein Körper fühlte sich zwar an, als hätte ich zehn Minuten lang mit einem Profiboxer im Ring gestanden, doch innerlich fühlte ich mich so gut wie lange nicht mehr. „Wieso bist du hier?“ fragte Beta weiter. Wieso war ich hier? Ich musste selbst einen Moment nachdenken, bevor es mir einfiel. Dieses wunderbare Gefühl von Ruhe und Geborgenheit hatte für einen Moment alle belastenden Erinnerungen aus meinem Gedächtnis getilgt. Doch jetzt waren sie wieder da: André war tot und ich suchte seinen Mörder.

X

Ich erzählte Beta-X alles, von dem Augenblick an, wo André die „Reds“ verlassen hatte, bis zu meinem Gespräch mit The Brain. Wie ich so erzählte, fiel mir auf, dass meine Geschichte eigentlich eine Geschichte der Organisation war: Sie begann damit, dass André einer fremden Vereinigung beitrat und endete mit meinem Besuch im Hauptquartier. Als ich endlich mit meiner Erzählung fertig war, entstand ein langes Schweigen. Schließlich brach Beta-X es: „Du willst also jetzt den Mörder deines Freundes finden?!“ Es klang, als ob sie es noch nicht so ganz verstanden hatte. „Aber was willst du hier unten?“ Ich wusste es nicht genau. Irgendetwas hatte mich dazu bewogen, erst in das Archiv zu schauen. Plötzlich fiel mir etwas auf, das ich vorher nicht gesehen hatte: An der hinteren Wand des Raumes stand ein Regal, das nicht mit Aktenordnern vollgestellt war. Stattdessen stand darin ein schwarzer Kasten von der Größe eines kleinen Schränkchens. In mehreren offenen Fächern lagen darin mehrere silbrige, flache Quader. Es waren Festplatten, etwa 10 Stück. Wortlos ging ich zu dem Regal und zog einen der Datenspeicher heraus. Er war genauso beschriftet, wie die Aktenordner, nur, dass auf jeder Festplatte gleich mehrere Überschriften zu sehen waren. Auf der Festplatte, die ich gerade in der Hand hielt, standen die Wörter

- White Money 1.0 t.s. XXX
- White Money 1.1 t.s. XXX
- White Money 2.0 t.s. XYX
- White Money 2.1 t.s. XXY
- White Money 2.2 t.s. XYX

Ich konnte mir immer noch keinen Reim darauf machen. Da bemerkte ich, dass Beta-X mir über die Schulter sah. Ihr Gesicht war ganz nah an meinem, ich konnte ihren warmen Atem auf meiner Haut spüren. „Weißt du, was das bedeuten soll?" fragte ich sie leise. Sie schüttelte den Kopf, wodurch ihre Haare über meinen Nacken strichen. Sie waren wunderbar weich. Plötzlich dachte ich an Jan Korac. Ich wusste nicht, wieso, aber eine innere Logik sagte mir, dass er genau wusste, was ich in diesem Augenblick in Händen hielt.

X

Nachdem ich die Festplatte vorsichtig in meiner Hosentasche verstaut hatte, kehrte ich, zusammen mit Beta-X zurück in den Raum mit den vielen Türen. Ich wollte versuchen, zu erfahren, wem mein Hass galt, wen ich verfolgte, und dazu benötigte ich die Hilfe eines Jungen, der aus dem Untergrund das Geschehen an der Schule bestimmte: The Brain. Beta-X stand neben mir. Wir sahen uns lange an. Dieses wunderbare Gefühl tiefster Ruhe erfasste mich wieder. Für einen Moment ließ ich mich in die sanften, friedlichen Wogen des Glücks fallen, und war versucht, alles loszulassen, aufzugeben und einfach davonzulaufen. Dann riss ich mich zusammen. Ich erzählte Beta, was ich plante. Sie seufzte, und mit einem Kopfnicken in die Richtung der Tür, die ich gleich öffnen würde, sagte sie: „Mhmm, du musst dann wohl..." Dieser Satz kam mir sehr unpassend vor, war mir doch klar, dass wir uns sofort wiedersehen würden, wenn es sich einrichten ließ, daran bestand nicht der Hauch eines Zweifels für mich. Trotzdem nickte ich, wandte mich zu der Tür um und legte eine Hand auf die Klinke. „Ähm, Delta…" Noch einmal drehte ich mich um. Da geschah es: Beta-X gab mir einen flüchtigen Kuss auf den Mund. „Viel Glück" lächelte sie. Ich lächelte völlig überrascht zurück, drehte mich wieder zurück zur Tür und drückte die Klinke herunter. Lächelnd trat ich in das dahinterliegende Zimmer. Der Tanz konnte beginnen.

X

Als ich die Tür öffnete, sprangen vier schemenhafte Gestalten zur Seite. Der Raum wurde von einer Neonröhre an der Decke hell erleuchtet, doch die Gesichter der vier Personen waren mit Sturmhauben verdeckt. Hinter seinem Schreibtisch saß, ohne einen Ausdruck der Überraschung im Gesicht: er. The Brain. Wie bei unseren Begegnungen zuvor war er ganz in schwarz gekleidet. Sein Gesicht wurde von einer verspiegelten Sonnenbrille unkenntlich gemacht. –Allerdings trug er dieses Mal kein Kapuzensweatshirt, sondern ein schwarzes Hemd. Aus seiner Kleidung stach das aschfahle, kantige Gesicht, das irgendwie zu lumineszieren schien. Die zwei Personen direkt neben mir traten einen Schritt auf mich zu, doch The Brain gab ihnen mit einem Wink seines linken Lederhandschuhes zu verstehen, dass sie sich auf ihre Plätze zurückbegeben sollten. Ruhig und emotionslos sprach er: „Warum störst du diese Audienz?"

X

Die Tür hinter mir war ins Schloss gefallen, hatte die Außenwelt ausgesperrt. In meinem Bewusstsein existierte nur noch der Raum mit den sechs Personen darin. Die vier Gestalten kauerten in den Ecken des Raumes und musterten mich mit unverhohlenem Misstrauen. The Brain wiederholte seine Frage, dieses Mal etwas schärfer: „Was suchst du hier?!" Ruhig trat ich einen Schritt auf den Schreibtisch zu. So bestimmt wie möglich erklärte ich: „Ich benötige eine bestimmte Information." Mit einem leicht spöttisch wirkenden Lächeln lehnte er sich in seinem Sessel zurück. „Und deshalb kommst du also zu mir?!" fragte er mit gespielter Überraschung. „Weißt du nicht, wen du vor dir hast?" fragte die Person in der hinteren linken Ecke des Raumes erzürnt." - „Natürlich weiß ich, wen ich vor mir habe..." entgegnete ich schnell, „aber ich denke, du..." Beim letzten Wort zuckten die vier Wächter fast unmerklich zusammen und ich schalt mich innerlich einen Idioten. Ausgerechnet einen so dummen Fehler musste ich begehen. Das fing ja gut an. „Ich denke, du bist der einzige, der mir diese Information geben kann." – „Du gefällst mir, Delta-X. Endlich mal jemand, der nicht vor mir im Staub kriecht. Setz dich! Stelle deine Frage!" Unsicher nahm ich den amüsierten Ausdruck auf dem Gesicht des sonst so absolutistischen „Herrschers" (und nichts anderes war er) zur Kenntnis. Bevor er es sich noch einmal anders überlegte, stellte ich meine Frage, nachdem ich mich auf den Metallstuhl vor dem Schreibtisch gesetzt hatte: „Vor drei Tagen ist hier an der Schule ein Mord begangen worden..." Er nickte; er schien genau zu wissen, worum es mir ging. „Ich suche den Mörder." Lauernd fragte er zurück: „Warum das? Was geht dich das an?" – „Darüber möchte ich nicht sprechen." Jetzt schien er ungehalten über mein Verhalten zu werden. „Ich glaube ich muss dir noch einmal in Erinnerung rufen, mit wem du sprichst. Du hast zwei Möglichkeiten: Entweder du beantwortest meine Frage und ich beantworte deine, oder du verlässt augenblicklich den Raum, dir geht es dreckig und ich werde mir meine Antworten anders „beschaffen"." So kam ich nicht weiter. Es blieb mir nichts anderes übrig, als kleinbeizugeben.

X

Ich erzählte ihm, dass André mein Freund gewesen war. Mein bester Freund. Eigentlich wollte ich das nicht erzählen, es riss die Wunden wieder auf, erfüllte mich mit Schmerz. Die ganze

Zeit über hörte The Brain schweigend und regungslos zu. Auch als ich geendet hatte, hielt das Schweigen an. Er schien zu überlegen, verharrte regungslos in seinem Sessel. Dann plötzlich begann er wieder zu sprechen, bedächtig und leise, als habe er sich jedes Wort genau zurechtgelegt: „Ich weiß, wer deinen Freund getötet hat. Ich weiß auch, warum er dies tat. Ich werde es dir erzählen, aber nur unter der Bedingung, dass du keine Dummheiten begehst, die du später bereust." Unsicher nickte ich. Weshalb war ihm daran gelegen, dass ich keine Dummheiten beging? Ein Verdacht keimte in mir auf. Noch klein und unbedeutend, doch desto länger man nachdachte, desto mehr drängte sich dieser Verdacht auf. The Brain fuhr fort: „In der Geschichte der Organisation, die nun schon mehrere Jahre alt ist..." Er machte eine Pause und faltete die Hände auf dem Tisch. „...kommt es immer wieder vor, dass Personen plötzlich... verschwinden. Immer dann wenn diese Personen etwas negativ aufgefallen` sind." Mein Magen zog sich zusammen. André hatte in letzter Zeit immer gehetzt gewirkt. Langsam begann ich zu verstehen, weshalb. Jetzt konsequent und schonungslos, fuhr The Brain fort. „Diese Personen verschwinden nach kurzer Zeit, sie fallen nicht weiter auf, was am häufigsten der Fall ist doch... einige Unbelehrbare lassen sich von gutem zureden nicht beeinflussen, sie gefährden das System. Nun, diese Leute ziehen nach kurzer Zeit um... und dann gab es eine Handvoll Schüler, die die Organisation so ernsthaft und mit voller Absicht gefährdeten, dass sie ein existenzielles Problem darstellten. Ich neige nicht dazu, Probleme zu umgehen. Wenn sich mir eines in den Weg stellt, wird es beseitigt." Er unterstrich den letzten Satz mit einem hörbaren Knacken seiner Fingergelenke. Ich weigerte mich, zu begreifen, was der schmächtige, unscheinbare Junge vor mir eben gesagt hatte, doch tief im Innern hatte ich es gewusst, mich nur davor geängstigt, dass es jemand laut aussprechen würde. Das grausame, unbegreifliche Wort: Mord.

X

Dann fing die Wut in mir an, sich auszubreiten. Der Hass, der sich in den letzten Tagen in mir angestaut hatte, kochte wieder hoch. Das Blut pochte in meinen Adern, Adrenalin durchströmte meinen Körper. Langsam hob ich meinen Kopf, den ich die ganze Zeit über gesenkt gehalten hatte. Ich sah in das ausdruckslose Gesicht The Brains. Ich sah in das Gesicht des Jungen, der meinen besten Freund hatte ermorden lassen. In einem plötzlichen Anfall grenzenlosen Hasses sprang ich auf, sodass der Stuhl, auf dem ich gesessen hatte, nach hinten kippte und mit einem lauten Krachen auf den Boden aufschlug. Mein gesamter Hass hatte sich zu einer einzigen Frage formiert, die ich ihm, dem Mörder meines Bruders, meinem Mörder, entgegen schrie: „Warum?! Warum hast du das getan? Sie haben dir nie etwas getan!" Lauter, mit einem bedrohlichen Unterton in der Stimme entgegnete er: „Zügele dein Temperament. Ich hatte meine Gründe; Sie standen dem Aufstieg der Organisation im Weg." – „Die Organisation. Was ist die Organisation wert, im Vergleich mit einem Menschenleben?"

– „Ein Menschenleben ist nichts im Vergleich zur Organisation. Menschenleben sind käuflich! Macht aber, ist das Privileg derer, die sie auszuüben verstehen!" Mit Macht kann man tausende Menschenleben bezahlen, deines, meines, jedes. Es kommt nur darauf an, wer am meisten bietet!" Leise, aber immer noch hasserfüllt, kämpfte ich gegen diese menschenverachtende Ignoranz an: „Du bist ein Egoist, ein herzloser Egoist, ein rücksichtsloser Egoist! Niemand hat dir etwas getan, doch du tötest und verletzt unschuldige Menschen. Was bist du für ein Tier, das rücksichtslos und nur zu seinem Vorteil agiert? Was hat man dir getan?!" Jetzt sprang er auf, trotz der Sonnenbrille konnte man deutlich erkennen, wie wütend er war. Nein, er war nicht nur wütend, aus seinem Gesicht leuchtete abgrundtiefer, lodernder Hass, der aus seinem tiefsten Innern zu stammen schien. Dieser Ausdruck unbeschreiblichen Hasses erschreckte mich zutiefst, auch die anderen Personen kauerten sich ängstlich in ihren Ecken zusammen. „Was man mir angetan hat?!" schrie er. „Du willst wirklich wissen, was man mir angetan hat?! Gut, du sollst es erfahren!“ Er riss sich die Sonnenbrille vom Gesicht und donnerte sie auf den Schreibtisch vor sich, sodass sie in kleine scharfe Splitter zerbarst, die durch den Raum flogen und ihm in den Handschuh schnitten. Blut sikkerte aus seiner Handfläche, doch das schien ihn nicht zu stören. Hasserfüllt sah er mich an, sein Gesicht eine grässlich verzerrte Fratze: Sein rechtes Auge starrte regungslos zur Decke, es wurde von einer gewaltigen Narbe eingerahmt. Das andere Auge zuckte wild hin und her. Vor mir stand er: The Brain. Jan Korac!

X

Korac gab zweien der vier Gestalten ein Handzeichen, die daraufhin an mich herantraten und mich brutal an den Armen packten. Ich versuchte, mich aus den stählernen Pranken zu befreien, doch es gelang mir nicht. Ein hämisches Grinsen legte sich auf das Gesicht des Jungen mit den schwarzen Haaren und der bleichen Haut, wie auch immer er heißen mochte. Plötzlich sprang er aus dem Stand auf den Schreibtisch vor sich. Langsam bückte er sich zu mir hinab. Immer noch fürchterlich wütend, doch nun etwas gefasster, sah er mir ins Gesicht. Sein Gesichtsausdruck hatte etwas seltsames, ganz und gar weder Jugend- noch Kindliches. In seinen Augen lag ein wahnsinniger Glanz, der mir kalten Angstschweiß auf die Stirn trieb. Die Ruhe und Gefasstheit, die ich mir vorgenommen hatte, waren längst nackter Angst gewichen. Jeder Muskel in meinem Körper war angespannt und wartete nur auf das kleinste Zeichen einer Eskalation. Dieser Junge war zu allem fähig. Meine Stimme zitterte, als ich einen letzten, verzweifelten Versuch wagte: „Wie kann ein lebendiger Mensch nur soviel Hass in sich tragen?!“ Es klang erbärmlich, die Worte quollen unkontrolliert aus meinem Mund, doch unbeirrt fuhr ich fort: „Man mag dich verletzt, gedemütigt, haben, gut. Aber gerade deshalb solltest du doch wissen, wie scheiße sich deine Opfer fühlen!“ – „Sie alle haben es nicht anders verdient! Sie haben ihre Plätze in der heiligen Ordnung verlassen, genau wie du!" Verächtlich spie er aus. „Abschaum muss man auf seinen Platz zurückverweisen." Unvermittelt hob er eine behandschuhte Faust und schlug mir mit solcher Wucht ins Gesicht, dass mir kurz schwarz vor Augen wurde. Weißglühender Schmerz explodiert in meinem Kopf. Ich schmeckte Blut. Süßliches, abscheuliches Blut. Mein Blut. Als ich wieder in die Gegenwart zurückkehrte, schleiften mich die zwei Hünen bereits aus dem Raum. Da fiel mir Beta-X ein, die ja immer noch vor der Tür stand. Schon öffnete einer der Schläger die Tür und die beiden zogen mich hindurch. Angsterfüllt sah ich mich um, konnte Beta aber zum Glück nirgends entdecken. Langsam merkte ich, wie meine Kräfte schwanden. Ein letztes Mal versuchte ich, mich gegen die ungeheure Kraft meiner Peiniger zu wehren, dann verlor ich das Bewusstsein und taucht in eine gnädige tiefe Schwärze.

X

Als ich erwachte, dröhnte mein Schädel, als spielte darin eine Horde wildgewordener Glöckner „Hells Bells" von ACDC. Als ich mich bewegte, durchfuhr ein stechender Schmerz meine Gliedmaßen. Ich lag auf dem Rücken, auf einem harten, kalten Boden, soviel konnte ich spüren. Mit geschlossenen Augen robbte ich rückwärts, bis ich mit dem Kopf schmerzhaft gegen eine Wand stieß. Langsam schob ich mich an der Wand hoch, sodass ich aufrecht saß, die Beine angezogen. Dann öffnete ich vorsichtig meine Augen einen Spalt breit... und wurde von grellem, weißen Licht geblendet. Schnell schloss ich die Augen wieder und versteckte mich in der tiefen, bleiernen Düsternis. Nun konzentrierte ich mich auf meine Ohren, in denen allerdings immer noch gewaltige Glocken zu erklingen schienen. Als das Konzert schließlich verstummte, hörte ich... nichts. Keinen Laut. Doch, da war etwas, ein ätherischer Grundton, den ich nicht wahrgenommen hatte, da ich ihn schon die ganze Zeit über gehört, das heißt, eher gefühlt hatte: ein monotones Summen. Es hörte sich an wie ein Schwarm geschäftiger Hummeln. Entschlossen riss ich die Augen auf, sodass sie zu tränen begannen und ein greller Schmerz meine Netzhaut durchzuckte. Über mir schwebte allerdings kein Hummelschwarm, sondern hing eine weiße Neonröhre, die kaltes, steril wirkendes Licht ausstrahlte. Das Licht erhellte einen etwa 10m² kleinen, weiß getünchten Raum. Der Boden und die Decke waren aus grauem Beton, der Anzeichen von Schimmel zeigte, wo Feuchtigkeit eingedrungen war. Auf der gegenüberliegenden Seite des Raumes, etwa fünf Schritte von mir entfernt, gab es eine hohe, eiserne Tür. Plötzlich wurde mir unangenehm bewusst, dass sich etwas von hinten schmerzhaft in meinen Rücken drückte. Ich griff in meine Hosentasche und zog den silbrigen Quader hervor. Es war die Festplatte, die ich aus dem Archiv mitgenommen hatte.

X

Ich schreckte aus einem Tagtraum hoch, als sich plötzlich die Tür öffnete. Die Festplatte steckte wieder sicher verwahrt in meiner Hosentasche. Ich wusste nicht, wie viel Zeit vergangen war, seitdem ich zum ersten Mal hier in diesem Raum erwacht war. Die ganze Zeit über hatte ich mich nicht von der Stelle gerührt, hatte nur teilnahmslos die Tür angestarrt. Jetzt standen darin die zwei Gestalten, die mich hierher geschleift hatten. Sie betrachteten mich kurz und prüfend, dann traten sie einen Schritt in den Raum hinein, um einer weiteren Person Platz zu machen. Korac trat in den Raum, gefasst, doch nach wie vor grinste hinter seinem ruhigen Gesicht die entstellte Fratze des Wahnsinns, außerdem machte er sich keine Mühe mehr, seinen abgrundtiefen Hass zu verbergen. Auch trug er keine Sonnenbrille mehr, sodass man sein teilnahmslos zur Decke starrendes Glasauge erkannte, welches den irren Ausdruck Koracs noch unterstrich. Trotzig wandte ich den Blick von der Tür ab und starrte auf den grauen Betonboden vor meinen Füßen. „Guten Tag Delta-X.“ Fick dich. Aus den Augenwinkeln sah ich, wie die beiden Gorillas den Raum verließen. Die Tür fiel krachend hinter ihnen ins Schloss. „Du siehst, wir sind ganz allein und können ungestört miteinander reden." Er trat zu mir heran und ging in die Hocke, sodass sich unsere Gesichter auf einer Höhe befanden. Verbissen beobachtete ich weiterhin meine Fußspitzen. „Sieh mich an, wenn ich mit dir rede!" fauchte er, packte mein Kinn und riss meinen Kopf hoch, sodass er schmerzhaft gegen die Wand schlug. „Oje!" rief er mit gespielter Bestürzung. „Hab ich dir wehgetan?" Er schlug meinen Kopf ein weiteres Mal gegen die Wand. „Geschieht dir recht!" grinste er. Dann stand er wieder auf. Korac war auf eine perfide Art dass, was man wohl attraktiv nennt. Unter seinem schwarzen Hemd erkannte man deutlich die Muskeln; sein Haar lag glatt am Kopf an. Ich gewahrte eine silbern glänzende Armbanduhr an seinem linken Handgelenk. Das Ziffernblatt zeigte einen schwarzen Drachen im Profil mit einem rot leuchtenden Auge vor einem schwarzen Hintergrund. Die Zeiger des Chronometers schimmerten golden. Es war 17:35 Uhr. Korac trat wieder an mich heran. Väterlich legte er eine Hand auf meine Schulter. „Nun wollen wir uns mal über deine Zukunft unterhalten."

X

Korac stand wieder auf der anderen Seite des Raumes, lässig lehnte er neben der Tür. Die Arme über der Brust verschränkt, sah er mich an. Im Raum herrschte völlige Stille, bis auf das Surren der Neonröhre und das Ticken von Koracs Uhr. Schließlich brach er das Schweigen. Wieder ohne jede Emotion in der Stimme sonderte er deutlich artikulierte Worte ab. Man merkte, dass dieser Junge sprach, um festzustellen, zu keinem anderen Zweck. Sein Gesicht war ebenfalls wieder zu einer eisernen Maske erstarrt, die seinen Betrachter vollends daran hinderte, auch nur ansatzweise seine Gedanken zu erraten. The Brain war eine perfekte Maschine, von Korac dazu geschaffen, zu kontrollieren, zu beherrschen. Korac selbst hingegen war ein traumatisierter kleiner Junge, mit einem verwirrten, verbitterten Inneren. Korac hatte nicht die Stärke gehabt, The Brain's Gesicht zu wahren. Jetzt also sprach er. The Brain: „Ich weiß genau, dass sie dich geschickt hat.“ Irritiert schaute ich auf. Niemand hatte mich geschickt, aber Korac schien das zu glauben. Das hieß, dass noch jemand existierte, der der Organisation Widerstand leistete. „Sie ist nicht mehr hier, ich habe sie aus meinem Reich verbannt, aber sie hat immer noch ihre Augen und Ohren überall, wie ich es sie gelehrt habe.“ Eine ehemalige Schülerin Koracs also, die nicht mehr hier war, weil er sie vertrieben hatte. Ich verstand überhaupt nichts, doch er sollte ruhig weiterreden, dass würde mir bestimmt nicht schaden. Vielleicht erfuhr ich ja etwas, das ich später noch gebrauchen konnte. Korac begann, langsam im Raum auf und ab zu schreiten, während er sprach. „Dich kann ich natürlich nicht zu ihr zurücklassen, auch wenn es mir Leid tut.“ Erneut mischte sich ein sadistischer Unterton in seine Stimme. Dann, plötzlich und ohne Vorwarnung sprang er zu mir heran und schrie: „Phenix, ich weiß genau, dass du mich hörst! Warum lässt du mich nicht endlich in Ruhe?! Warum verschwindest du nicht aus meinem Leben, wie ich es dir befohlen habe?! Warum?!“ Wimmernd brach er vor meinen Füßen zusammen. Entgeistert betrachtete ich das Häuflein Elend, und mich überkam ein kurzer Anfall von Mitleid. Ich wollte aufstehen und den kleinen, unschuldigen Jungen trösten, der vor mir in Tränen ausgebrochen war. Vorsichtig streckte ich meine rechte Hand aus, doch er stieß sie zurück und sprang wie vom Blitz getroffen auf. „Lass die Finger von mir!“ fauchte er. „Du elender…“ Ohne sich noch weiter mit Beschimpfungen aufzuhalten, riss er die Tür auf und lief hinaus. Hinter ihm schlug die Tür mit einem lauten Krachen zu. Der Schlüssel wurde umgedreht; wieder war ich allein.

X

Irgendwann wachte ich von einem leisen Schaben auf, das aus Richtung der Tür kam. Ich musste eingeschlafen sein, nachdem Korac den Raum verlassen hatte. Das Schaben wurde intensiver, und plötzlich überkam mich eine unbestimmte Angst. Was, wenn derjenige, der sich da gerade an der Tür zu schaffen machte, es auf mich abgesehen hatte? Diese Angst war völlig unbegründet, denn alle, denen ich ein Dorn im Auge war, konnten diesen Raum mit einem Schlüssel betreten. Fieberhaft überlegte ich, wie ich mich gegen einen Feind zur Wehr setzen konnte. Langsam erhob ich mich; jeder Teil meines Körpers schmerzte. Meine Füße schienen ein Eigenleben entwickelt zu haben und es dauerte eine ganze Weile, bis ich meine Sinne wieder unter Kontrolle hatte. Meine Hände waren blutverschmiert, meine Kleidung hatte ein etwas dürftiges Aroma angenommen, was bei mir komischerweise in diesem Moment ein völlig unangebrachtes Unwohlsein verursachte. Hätte ich mich in diesem Moment in einem Spiegel betrachten können, ich wäre wahrscheinlich vor mir selbst davongelaufen. Die ganze Zeit über hatte das Schaben angehalten, jetzt riss es abrupt ab. Dafür gab die Tür ein deutliches Knacken von sich. Vorsichtig stellte ich mich an die scharnierlose Seite der Tür, sodass mir derjenige, der die Tür öffnete, genau ins Gesicht sehen musste. Mit einem weiteren Knacken schwang die Tür in den Raum hinein auf. Mit erhobener Faust sprang ich in den Türrahmen, bereit, sie auf einen Angreifer niedersausen zu lassen. Doch sofort wurde mein erhobener Arm gepackt und eine Hand erstickte den Laut der Verwunderung, der sich mir entrungen hatte. Vor mir stand ein Mädchen mit schwarzen Haaren und grünen Augen: Beta-X.

X

Wir liefen ein Gewirr von schlecht beleuchteten Gängen hinab, stiegen Treppen hinauf und durchquerten alte, halb verrottete Holztüren. Als wir schließlich eine Treppe erreichten, die zu einer Luke in der Decke führte, durch die helles Tageslicht hereinfiel, erschien es mir, als wären wir Stunden in dem finsteren Labyrinth umhergeirrt. In Wirklichkeit konnten allerdings nur wenige Minuten seit unserem Aufbruch verstrichen sein. Dann stand ich endlich wieder unter freiem Himmel. Naja, frei in sofern, dass sich über mir ein kleines Rechteck blassen Blaus erkennen ließ, das von den Wipfeln düsterer Tannen eingerahmt wurde, die die Lichtung eingrenzten, auf der wir uns befanden. Erschöpft von den zurückliegenden Strapazen ließ ich mich ins feuchte, kniehohe Gras fallen. Ich hörte, wie Beta die Luke wieder zufallen ließ. Dann erschien ihr besorgtes Gesicht über mir. „Wir müssen von hier verschwinden, hier können sie uns sehen." Verwirrt starrte ich sie an. Wer konnte uns sehen? Und warum sollten wir deshalb von hier verschwinden? Ich wollte nicht fort, wollte einfach nur liegenbleiben, den Himmel betrachten und mich ausruhen. Beta-X zog mich gewaltsam wieder auf die Beine und verpasste mir eine schallende Ohrfeige. Der Schmerz holte mich wieder in die Realität zurück. Benommen sah ich Beta an, diesmal aber bei klarem Bewusstsein. In diesem Moment überkam mich ein plötzlicher Reflex und ich erbrach mich auf den Boden zu meinen Füßen.

X

Als ich mich wieder einigermaßen erholt hatte, taumelte ich erschöpft zum Waldrand. Beta-X stützte mich so gut es ging. Wir waren noch nicht weit in das dichte Unterholz vorgedrungen, als wir plötzlich hektische Stimmen hörten. Es schienen mindestens drei Personen zu sein, was sie sagten, war nicht zu verstehen. Aber sie kamen eindeutig näher. Beta-X packte mich am Arm und zog mich in eine von dichtem Gestrüpp überwachsene Senke. Schnell verdeckte sie das Loch, das dadurch entstanden war mit ein paar am Boden liegenden Zweigen. Das dichte Blätterdach ließ nur wenig Licht hindurch, sodass ich nur erahnen konnte, wie Beta-X sich wieder neben mich kauerte. Ich hörte ihren Atem und spürte die Wärme, die von ihr ausging. Die Stimmen näherten sich weiter, man verstand jetzt vereinzelte Gesprächsfetzen: „…müssen sie finden…", „…regt sich sonst noch mehr auf…". Plötzlich kam direkt vor unserem Versteck eine Person zum Stehen, groß und gebeugt stand sie vor der verdeckten Öffnung. Da spürte ich, wie sich eine Hand in meine schob, ganz zaghaft. Sie war klein und feingliedrig, wie ein verletzliches Tier, das sich an meinen Handteller schmiegte. Da bemerkte ich, dass Beta-X auf einmal vor Angst zitterte. Still hielt ich ihre Hand und wartete, bis die Gestalt und die Stimmen verschwunden waren. Dann kroch ich vorsichtig zur Öffnung, schob vorsichtig die Zweige beiseite und spähte vorsichtig hindurch. Niemand war zu sehen. Ich zog Beta-X hinter mir her und kroch auf allen Vieren durch den eben freigelegten Ausgang. Immer noch zitternd und mit einem ängstlichen Gesichtsausdruck kroch Beta hinter mir aus dem Gestrüpp. Nun, wie sie so dastand, am ganzen Leib zitternd, verängstigt, verschmiert mit Blut und Dreck, bot sie einen mitleiderregenden Anblick. Ihr Haar hing ihr wirr über die Schultern, Äste und Blätter hatten sich darin verfangen. Da trat eine Gestalt neben ihr aus dem Gebüsch.

X

Alpha-X presste der völlig erschöpften Beta einen bizarren, metallisch glänzenden Gegenstand an die Schläfe. „Bleib, wo du bist!“ zischte er und richtete drohend seine freie Hand auf mich. Langsam hob ich die Hände, bemüht, Alpha-X keinen Grund für überstürzte Handlungen zu geben. Beta-X wehrte sich mit all ihrer verbliebenen Kraft, doch Alpha drehte ihr einen Arm brutal auf den Rücken, sodass es hörbar knackte. Der metallene Gegenstand ruhte immer noch an Betas Schläfe, und ich zweifelte keinen Augenblick daran, dass es eine Waffe war, die Alpha auch ohne Weiteres benutzten würde. Regungslos starrte ich ihn an, angespannt, verkrampft. Es stand außer Zweifel, dass dieser Junge Angst hatte. Große Angst. „Alpha…“ startete ich einen Versuch. „Lass doch diese Spielchen! Was soll das?“ – „Das weißt du genau, du Verräter.“ „Hey…“ Ich trat einen zögerlichen Schritt auf ihn zu, doch Alpha-X packte Beta am Genick und trat seinerseits einen Schritt zurück. „Sei vorsichtig, bleib wo du bist!“ Schnell versuchte ich ihn wieder zu besänftigen: „Beruhige dich, wir wollen dir nichts.“ – „Ihr seid Verräter. Ihr wollt ihn verraten, ihr wollt uns verraten, ihr wollt alles verraten!“ Allmählich wurde ich wütend, auch, wenn dies nicht der rechte Zeitpunkt dafür war. Ich begriff nicht, wie Alpha-X so ignorant sein konnte. Sah er nicht, was die anderen sahen, die Gewalt und das Elend vor seinen Augen?! „Wir haben niemanden verraten, ihr habt euch selbst verraten, ihr Idioten! Ihr seid zu weit gegangen. Die Polizei ist bereits hinter euch her.“ – „Du lügst. Niemand kennt uns, niemand weiß, wer wir sind.“ Aus Alphas Worten war deutlich die Unsicherheit herauszuhören. „The Brain ist ein Dummkopf, wenn er glaubt, mit einem Haufen Spatzenhirne irgendjemanden beherrschen zu können.“ stachelte ich ihn weiter an. Mir war egal, was alles passieren konnte, dieser Junge musste doch begreifen, dass das, was er tat, falsch war. „The Brain ist genial und er wird dich vernichten wie eine erbärmliche Ameise!“ Jetzt hatte ich in da, wo ich ihn hinhaben wollte. Ich spannte alle meine Muskeln mit der mir verbliebenen Kraft an, den richtigen Moment abpassend. Zornig schrie Alpha-X gerade: „Du nichts als ein wertloses Stück Dreck! Genauso wie dein beschissener Freund. Du gehörst zu ihm unter die Erde.“ Ich stutzte. „Was weißt du von André?“ – „Er ist nicht allzu messerfest und außerdem sehr leichtsinnig. Er hätte nicht die falschen Antworten geben dürfen.“ Ein hämisches Grinsen erschien auf seinen Zügen. „Er war selber Schuld, dass…“ Weiter kam er nicht. Mit einem Satz war ich bei ihm. Mit der gewaltigen Kraft des Hasses schlug ich ihm direkt ins Gesicht. Da ging ein Ruck durch Betas Körper, bewusstlos sackte sie zu Boden. Ihre grünen Augen starrten leer gen Himmel. Das machte mich nur noch wütender, sofern das überhaupt noch möglich war; ich schlug auf Alpha-X ein, bis er am Boden lag, völlig wehrlos. Wahnsinnig vor Wut trat ich ihm ins Gesicht, wieder und wieder, bis es nur noch eine verkrustete Maske aus Blut und Dreck war. Dann ertönte unversehens ein trockenes Knacken. Ich hielt in meiner Raserei inne. Erschöpft und keuchend blickte ich auf den leblosen Körper vor meinen Füßen hinab. Ich wusste es. Er war tot. Alpha-X war tot. Ich hatte den Mörder meines Freundes ermordet.

X

Der reglose Körper von Beta-X lag vor mir im Gras. Sie atmete gleichmäßig, wenn auch nur schwach. Ich versuchte, sie aufzuwecken, vergeblich. Ruhig lag sie dort, scheinbar schlafend, zusammengekauert, klein und hilflos. Mit Mühe riss ich mich von dem Anblick los. Ich musste weg. Wir mussten weg. Zuerst packte ich den toten Alpha-X und verbarg ihn in dem Gebüsch, in dem ich wenige Minuten zuvor mit Beta gesessen hatte. Kaum hatte ich den „Eingang" wieder mit Zweigen verdeckt, als ich plötzlich erneut Stimmen hörte. Panik überkam mich. Das mussten Alphas Helfer sein, die jetzt ihn suchten. Die Stimmen näherten sich. „Alpha, melde dich, Alpha-X!" was sollte ich tun? Ich konnte Beta nicht allein zurücklassen. Die Stimmen näherten sich unaufhörlich, jeden Moment würde jemand durch das Gebüsch treten. Ich überlegte einen Moment, dann kniete ich nieder und hob Beta-X vorsichtig hoch. Sie war leicht wie eine Feder, doch in meiner gegenwärtigen Verfassung war selbst das ein beinahe unhaltbares Gewicht. Dann begann ich zu laufen, so schnell es eben ging. Mehr taumelnd als laufend bewegte ich mich auf den Rand der Lichtung zu. In dem Augenblick, als ich gerade ins Dickicht tauchen wollte, traten am anderen Ende der Lichtung zwei Gestalten hervor. Sofort rannte ich los.

X

Ungeachtet der Zweige und Äste, die mir ins Gesicht schlugen, das Dornengestrüpp, das meine Jeans zerriss, ignorierend, stürzte ich vorwärts. Ich stolperte mehr, als das ich lief, Dornen rissen tiefe Wunden in meine Arme. ‚Nicht hinfallen, bloß nicht hinfallen' dachte ich. Das würde das Ende meiner Flucht bedeuten. Schließlich erreichte ich einen ausgetretenen Pfad. Immer noch ließ sich kein Ende des Waldes erkennen und immer noch hörte ich die Rufe meiner Verfolger dicht hinter mir. Ich folgte dem Pfad, in der Hoffnung, dass er so schnell wie möglich aus dem Wald herausführte. Das Mädchen in meinen Armen zitterte und atmete stoßweise. Dann plötzlich schlug sie die Augen auf. Ohne im Laufen innezuhalten keuchte ich: „Ruhig, keine Angst! Es wird nichts geschehen." Als wolle sie die Wirklichkeit ausblenden, schloss sie die Augen wieder, allerdings krampfhaft, und es war deutlich, dass sie nicht mehr schlief. Erneut lag auf ihrem Gesicht der Ausdruck unterdrückter, panischer Angst. Dann wurde der Lehmpfad plötzlich zu einem asphaltierten Weg und hinter einer Biegung mündete er in ein riesiges, goldgelbes Rapsfeld. Wir hatten das Ende des Waldes erreicht.

X

Wie durch ein Wunder hatten unsere Verfolger die Hetzjagd aufgegeben. Beta-X stand benommen vor mir, verwirrt und desorientiert. Der grüne Glanz ihrer Augen war zu einem matten Flimmern verkommen, doch äußerlich schien sie keine ernsthaften Verletzungen davongetragen zu haben. Einige Schrammen und Kratzer, aber das meiste war ungefährlich. Nach wenigen Augenblicken hatte sie sich wieder gänzlich gefasst. „Was ist passiert?" fragte sie. Tausend Antworten sammelten sich auf meiner Zunge, doch ich schluckte sie herunter. Jetzt war nicht der Zeitpunkt für lange Geschichten. Ich antwortete: „Erklär ich dir später." Was sie nur mäßig zufriedenzustellen schien. „Jetzt müssen wir erst von hier verschwinden."

X

Wir gingen zusammen die Straße entlang, Beta-X voraus, ich hinterdrein. Ich wusste nicht wohin, nur weg. Weg wollte ich, weg von dieser schrecklichen Zeit, die sich Vergangenheit nannte. Angestrengt versuchte ich so wenig wie möglich zu denken, doch immer wieder stahlen sich Gedanken in meinen Kopf, Szenen erschienen vor meinem inneren Auge, wie ich

verblutend auf irgendeinem Feldweg lag. Dann The Brain mit seinem wahnsinnigen Gelächter, der sich plötzlich ein Auge herausriss und es mir entgegen schleuderte. Dann wieder Alphas Leiche, die blutbeschmiert unter irgendeinem Busch lag. Irgendwann konnte ich nicht mehr. Ich ließ mich erschöpft neben der Straße ins Gras fallen. Ich würde einfach hier liegenbleiben und sterben. Nur warten, auf den Tod. Warten. Warten. Warten. Warten. Die Kälte spüren, darin versinken, endlich. Vorbei. Doch da spürte ich plötzlich eine sonderbare Wärme auf meinem Gesicht. War ich jetzt Tot, endlich befreit von all den bösen Erinnerungen? Nein, ich konnte nicht tot sein, ich spürte deutlich den weichen Erdboden unter mir. Plötzlich spürte ich weiche Lippen auf meiner Wange. Ich schlug die Augen auf und sah dicht vor meinem Gesicht die glänzenden Smaragde, die Beta-X Augen waren.
„Los, wir müssen weiter."

X

Weiter folgten wir der Straße. Noch immer hatte ich nicht die geringste Ahnung wohin oder warum wir gingen, doch nun verschwendete ich keinen Gedanken mehr daran, uns könnte etwas geschehen. Zwar spürte ich den Schmerz, der in meinem Körper pulsierte, aber er tat mir gut. Ich genoss es, meinen Körper zu spüren, konzentrierte mich auf die Gegenwart, das Hier und Jetzt. Und auf die Hand, die weich und warm in meiner lag. Hand in Hand liefen wir, immer weiter, ohne Ziel. Nur die Gegenwart spüren, den Augenblick genießen. Es gibt nur ein Jetzt.

X

Sie liegt neben mir auf der Wiese. Die Sonne scheint warm auf mich herab, meine Hand hält immer noch die ihre. Der Wind streicht sacht über uns hinweg. Am Himmel sind nur einige wenige Schäfchenwolken zu sehen. Ich drehe meinen Kopf und sehe sie an, wie sie dort liegt und den Himmel betrachtet. Sie dreht den Kopf und sieht mich an. Lächelt. Es gibt nur ein JETZT.

X

Die Tonaufnahme endete. Wie in Trance starrte Stefan auf den Bildschirm. Die ruhige, entspannte Stimme klang weiter in seinen Ohren nach. Auch von ihm hatte diese seltsame Ruhe Besitz ergriffen, Energie floss durch jede Faser seines Seins. Dann besann er sich. Darter hatte ihn warnen wollen. Nein, nicht ihn, jeden. Etwas war passiert, etwas Schreckliches. Er dachte an seine Schule, dachte darüber nach, ob Korac noch existierte, dort, in seinem Universum. Stefan hatte nie einen einäugigen Jungen gekannt, doch er wusste, dass es in der Vergangenheit mehrere rätselhafte Todesfälle gegeben hatte. Er blickte auf die Uhr...und erschrak. Über drei Stunden hatte er hier gesessen, draußen war bereits die Sonne untergegangen. Plötzliche Müdigkeit befiel ihn. Er schaltete den Computer aus und legte sich, so wie er war, in Jeans und T-Shirt ins Bett. Morgen konnte er immer noch Verschwörungstheorien nachgehen. Morgen.

X

Früh am nächsten Morgen erwachte Stefan, verschwitzt, doch hellwach. Er stand auf und nahm einen Schluck Cola aus der Flasche, die auf seinem Nachtschrank stand. Dann ging er hinüber zu dem Computer, der unverändert an seinem Platz stand. Einem Impuls folgend griff er nach der Festplatte, auf der er Darters Nachricht gefunden hatte. Seine Hand griff ins Leere. Irritiert wandte er seinen Blick zu dem Ende des USB-Kabels, dessen Ende nach wie vor auf dem Schreibtisch lag. Die Festplatte war fort. Stefan fröstelte. Ein kalter Windhauch fuhr durch das offene Fenster.

ENDE

EPILOG

The Brain saß auf seiner Bank, die Kopfhörer über den Ohren, die Augen geschlossen, das Gesicht der Sonne zugewandt. Plötzlich vibrierte etwas in seiner Hosentasche. Er zog ein nachtschwarzes Touchhandy daraus hervor. Auf dem Bildschirm standen zwei Worte in schwarzen Druckbuchstaben:

MISSION ERFOLGREICH!